4.ª edición

Bienvenidos a mi GENIAL mundo...

las gafas de sol
de Delia

El genial mundo de Tom Gates

Liz Pichon

B Bruño

Título original:
The Brilliant World of Tom Gates,
publicado por primera vez en el Reino Unido
por Scholastic Children's Books,
un sello de Scholastic Ltd
Texto e ilustraciones: © Liz Pichon, 2011

Traducción al castellano: © Daniel Cortés Coronas, 2011

© Grupo Editorial Bruño, S. L., 2011
Juan Ignacio Luca de Tena, 15
28027 Madrid

Dirección del Proyecto Editorial: Trini Marull
Dirección Editorial: Isabel Carril
Edición: Cristina González
Preimpresión: JV, Diseño Gráfico, S. L.

ISBN: 978-84-216-8655-3
D. legal: M-35285-2011
Printed in Spain

www.brunolibros.es

1.ª edición: 2011
4.ª edición: 2013

bicho
pequeño

¡Este libro vale por lo

MENOS

¡O **más**!

Dedicado a
UN MONTÓN
de gente guay

Mark

Zak ♥ Ella ♥ Lily

Gracias a Sarah S.
y a mi padre, que siempre
lleva una ropa
bastante
penosa.

bichos
grandes

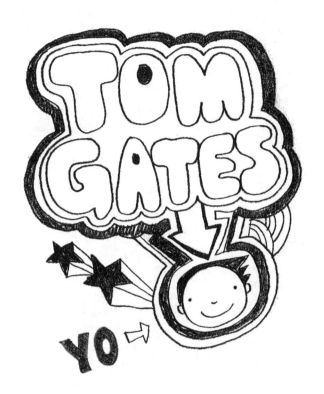

YO →

¡Sssí!

1

$\mathbb{A}$unque vivo a unos cuatro minutos del colegio, siempre llego tarde a clase.

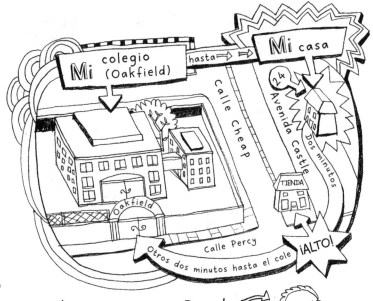

$\mathbb{E}$so suele ser porque Derek (mi mejor amigo y mi vecino de al lado) y yo «charlamos» un poco (vale, un MUCHO) por el camino. Otras veces es porque nos entretenemos comprando gominolas y galletitas en la tienda de chuches. Y, de vez en cuando, es porque tenemos otras cosas importantes que hacer.

Por ejemplo, os voy a contar lo que he hecho esta mañana (el día de la vuelta al cole).

Me he despertado. He escuchado música.
He tocado la guitarra.
Me he levantado (despacito).
He cogido unos calcetines.
He cogido ropa.
He tocado un poco más la guitarra.
Me he dado cuenta de que no había hecho los deberes de las vacaciones...

¡SOCORRO! Me he inventado una excusa para no haber hecho los deberes (¡uf!).
He fastidiado a mi hermana Delia, lo que me ha llevado buena parte de la mañana (aunque ha sido un tiempo bien invertido).
Le he escondido las gafas de sol a Delia.
Me he llevado un cómic al baño para leer (mientras Delia esperaba para entrar, ¡ja, ja!).
Cuando mamá ha gritado...

¡TOM! ¡Llegas TARDE al colegio!

——ζ he pasado corriendo junto a Delia (que seguía esperando, bastante mosqueada ya) y he ignorado su amor **¡INÚTIL!** de hermana.

He ahorrado un tiempo precioso:

 No peinándome.

No lavándome los dientes (durante muuuucho rato).

No dándole un beso a mamá.

(Soy demasiado mayor para eso).

Me he tragado el último bocado de tostada, he cogido el almuerzo, me he montado en la bici y le he gritado **¡ADIÓS!** a todo el que pudiera oírme.

He tardado como dos minutos justos en pedalear hasta el cole.

¡Un nuevo RÉCORD MUNDIAL DE TOM GATES...!
Y ahora viene LO MEJOR: ¡AMY PORTER
acaba de llegar también!

Estoy encantado de volver a verla
después de las vacaciones. Le sonrío de una
forma que considero simpática y amistosa ☺.

Pero ella, ni caso. Y, encima, me mira como si
yo fuera un bicho raro (cosa que no soy).

mi sonrisa

¡HOLA,
Amy!

(Mala forma de empezar el día).
Luego, la cosa se pone peor...

El señor Fullerman (nuestro profesor) nos hace esperar a todos de pie delante de la puerta de clase. Entonces dice:

«Bienvenidos, chicos. Tengo una GRAN
sorpresa para VOSOTROS»

(lo que no es una buena noticia).

¡OH, NO! ¡Ha cambiado de sitio

TODAS las mesas! Ahora estoy en la primera fila. Y aún peor...: Marcus, alias *el Plasta*, está a mi lado.

Esto es un DESASTRE. ¿Cómo voy a hacer dibujitos y a leer cómics ahora? Cuando estaba en la última fila, podía evitar la mirada del profesor. Pero ahora estoy TAN CERCA del señor Fullerman... ¡que le veo el interior de la nariz!

Antes

AHORA

Primera fila

Y, por si fuera poco, Marcus es el chico MÁS PLASTA de TODO el colegio. Es MUY cotilla y se cree que lo sabe todo.

Marcus ya me está incordiando...

Está mirando por encima de mi hombro mientras escribo esto.

Y sigue mirando...

Y veeeeenga a mirar...

Sí, MARCUS, estoy escribiendo sobre

MARCUS

tiene cara de rata.

O mejor... Marcus tiene cara de

¡Reno!

¡Marcus es un...
marRENO!

(Ya ha dejado de mirar).

La buena noticia 😊 es que a mi otro lado se sienta **AMY**, que es muy lista y simpática (aunque esta mañana no le ha hecho mucha ilu verme).

¡GeNIAL! Al menos puedo mirar de reojo 👁 👁 por encima de su hombro para copiarle las respuestas.

Creo que me está mirando ahora mismo.

AMY es la más simpática.

AMY es la más LISTA.

Ya no me mira.

Está pasando de mí..., creo.

Así que puedo dejar de hacerle la pelota
y dedicarme a dibujar.

(¡Esto me da buen rollo!).

¡Mirad a Marcus!
Lo ha pisoteado un

GRAN
Monstruo

Entonces, el señor Fullerman dice:

«Como podéis ver, he cambiado algunas cosas».

(¡No hace falta que lo jure!).

Y se pone a pasar lista.

(Normalmente, yo aprovecharía para hacer algún dibujito guapo, o para sacar un cómic y echarle una ojeada rápida . Pero estoy TAN cerca del profesor y de sus ojos mortales , que tengo que esperar a que acabe y se vaya al fondo de la clase para poder seguir llenando mi cuaderno de monigotes).

BUENO, por fin se ha ido. Ahora estoy pensando en nombres para mi grupo de música, el que tenemos Derek y yo. No somos muy buenos TODAVÍA..., pero si se me ocurre un nombre chulo, seremos lo más de lo más.

¿**Q**ué tal LOS ALIENS GEMELOS?
¿O LOS PIES PESTOSOS?
¡Ya lo tengo! ¿Y LOS LOBOZOMBIS?

El señor Fullerman me interrumpe
a medio dibujo (he pasado la página muy rápido
para que no la vea) y nos reparte
los primeros deberes que haremos este curso
(¡socorro!).

Redacción sobre las vacaciones

¡Bienvenidos, alumnos!

Hoy, me gustaría que escribierais una redacción sobre lo que habéis hecho este verano.

* ¿Habéis ido de vacaciones a algún sitio?
* ¿Habéis ido a visitar a algún familiar?
* ¿Qué tiempo hacía y dónde os alojasteis?

Acordaos de describirlo todo con detalle.

¡Estoy deseando leer todo lo que habéis hecho estas vacaciones!

El señor Fullerman

(Mis vacaciones fueron un pelín desastrosas..., pero tienen un final feliz).

¡Ahí va eso!

El camping de la muerte

Este año, papá dijo: «Vámonos de *camping*, que es más barato». Mamá no parecía muy entusiasmada, pero yo nunca había ido de *camping* y lo estaba deseando.

Papá y yo fuimos a una tienda de deportes a comprar lo más básico, como:

« **N**o necesitaremos gran cosa», dijo papá.

← papá

1. Tienda de campaña
2. Sacos de dormir
3. Cosas para cocinar
4. Cañas de pescar
5. ~~Tele~~
6. ~~Ordenador~~

Pero en la tienda había muchas cosas chulas, y a papá se le fue la olla. Se gastó UN MONTÓN de dinero y me hizo prometer que no se lo diría a mamá.

«Nos habría salido más barato ir a un buen hotel...», dijo.

«¡Pero nada puede compararse a dormir bajo las estrellas y despertar respirando aire puro!», dijo el hombre de la tienda mientras cogía el dinero de papá.

Además de todo lo que había comprado papá, mamá llevó otro montón de cosas. El coche iba hasta los topes. A mi hermana Delia no le hacía ninguna ilusión venir con nosotros . Ya no la dejan quedarse sola en casa, porque la última vez que papá y mamá se fueron montó una fiesta SALVAJE. (Yo me quedé en casa de Derek. Sus padres se despertaron con el ruido de la fiesta y tampoco les hizo ninguna ilusión). (･_･)

Por fin salimos de viaje, y durante un rato las vacaciones fueron bien. Pero entonces nos equivocamos de camino y nos perdimos.

18

Mamá decía que era culpa de papá,
por no escucharla. Papá decía que era culpa de mamá,
por no saber mirar el mapa. Pero ninguno de los dos
reconocía que era culpa suya. Grrrr

Solo dejaron de discutir cuando se nos pinchó
una rueda.
Llamamos al Servicio de Asistencia en Carretera,
que tardó un buen rato en aparecer.

Como les llevó **SIGLOS** arreglar
la rueda, cuando llegamos al *camping*
ya era de noche. Delia no estaba
nada contenta (ella nunca está contenta).
Dijo que aquel sitio era **REPUGNANTE**,
y que no tenía cobertura en el móvil. ¡Ja, ja, ja!
A mí me pareció que el *camping* no estaba mal.
Ayudé a papá a montar la tienda mientras
mamá sacaba las cosas del coche (y Delia
no hacía nada).

La tienda era difícil de montar, pero lo hicimos lo mejor que pudimos.

Era un poco tarde para cenar. Papá dijo:
«Mañana os haré un buen desayuno».
Pero el estómago me rugía y no podía
dormirme. Entonces me acordé
de la reserva secreta de galletas Galletas de
mi mochila. ¡Me las zampé todas!
Pero después había migas por todas partes,
y era muy incómodo dormir en mi saco.
A pesar de tener una «tienda familiar» con
dos habitaciones separadas, Delia me oía moverme
y hacer ruiditos y se estaba poniendo
de los nervios.
¡GENIAL! Así que decidí hacer más ruido.
Lo malo era que también se oía a papá y mamá...

rOncar y así

no había quien durmiera. Hacían un ruido
horrible, cada vez más y MÁS FUERTE. Parecían
truenos. Y entonces me di cuenta de que no es
que parecieran truenos... ¡Es que ERAN truenos!
Truenos que se acercaban. También
hubo relámpagos, y empezó a llover
a cántaros sobre nuestra tienda.
La tormenta era BESTIAL,
y la tienda acabó volando
por los aires.

¡AHH! ¡AYUDA!

Tuvimos que salir corriendo al coche
para ponernos a cubierto. La tormenta duró
la noche entera, y todas nuestras cosas
se mojaron y se llenaron de barro.
Papá había montado la tienda ¡JUSTO AL LADO
DE UN RIACHUELO!, el riachuelo se desbordó
y dejó todas nuestras cosas chorreando.
Nadie pegó ojo. Fue horrible.

21

Encuentra
el error...

Por la mañana, papá intentó que el dueño del *camping* le devolviera el dinero (porque habíamos tenido que dormir en el coche).

Papá protestó mucho, pero no sirvió de nada. Mamá recogió nuestras cosas empapadas. Casi todas se habían echado a perder (incluida la tienda). Yo la oía murmurar cosas como «el año que viene», «unas vacaciones como Dios manda» y «Grecia».

Delia estaba llorando (otra vez) porque se le había mojado el móvil y no le funcionaba. Eso me puso de buen humor. Entonces decidí aprovechar al máximo mis vacaciones y salir a explorar. Había muchos árboles interesantes a los que trepar. Y ya estaba casi en lo ALTO de uno, cuando una rama CRUJIÓ bajo mis pies...

No me había dado cuenta de lo alto que estaba... hasta que me caí.

Fue un tortazo
de los buenos...

Delia me oyó AULLAR cuando caí al suelo.
Se acercó y me miró retorcerme mientras
me sujetaba el brazo medio roto.

Yo estaba HECHO POLVO, pero a Delia
parecía no importarle.

¡Ja,
ja,
qué inútil!

Al final, llamó a mamá.

«Lo que me faltaba...», dijo mamá mientras me llevaba a la tienda de primeros auxilios. Me dieron un chupa-chups 🍭 y me vendaron el brazo (me porté como un campeón). 😊

Parecía que nuestras vacaciones en el *camping* iban a durar más bien poco. Se preveían más lluvias, y papá y mamá decidieron que, dadas las circunstancias (sin tienda ni ropa seca), mejor nos volvíamos a casa. 😕

A mí no me molestó mucho, y Delia estaba encantada. Así que lo recogimos todo y nos fuimos del *camping*. A casa ▷

Por el camino, paramos en un restaurante y conseguí comerme una *pizza* con el brazo bueno. El brazo malo me dolía un montón 😣, pero no me quejé porque, por primera vez en mucho tiempo, todos parecían contentos.

Nuestros vecinos, Derek y sus padres, se sorprendieron al vernos 😐 😐 de vuelta tan pronto. El brazo malo me dolía TANTO que me fui a mi habitación para echarle un vistazo.

¡Horror! 😮 😮 ¡Se había puesto morado y se había HINCHADO como un globo!

Cuando se lo enseñé a mis padres, se preocuparon mucho, y Delia me dijo: «Pareces un MONSTRUO» (viniendo de ella, fue amable y todo). Papá y mamá cogieron otra vez el coche para llevarme al hospital y dejamos a Delia sola en casa.

Por suerte, lo del brazo no era grave. Tenía un esguince, y la venda me apretaba demasiado. En el hospital me la volvieron a poner y luego me colocaron una férula muy chula. 🙂

(Por lo visto, iba a sobrevivir).

Se había hecho bastante tarde .
Cuando llegamos a casa,
se oía una música a toda PASTILLA.
Papá y mamá se pusieron
FURIOSOS.
Delia había invitado a un montón
de amigos a una fiesta.
Esta vez sí que se la iba a CARGAR...

Yo hasta me olvidé del brazo malo,
porque oír cómo mamá y papá regañaban a
Delia y la castigaban fue
sin duda la → MEJOR PARTE
de todas mis
vacaciones .

¿Cómo se te ocurre?

¡Estás castigada!

¡Toooma!

FIN

¡Parece que has tenido unas vacaciones muy movidas, Tom! Excelente trabajo. Me he sentido como si estuviera allí... ¡aunque me alegro de habérmelo perdido!

5 estrellas

¡TOMA YA! ¡Al señor Fullerman

le ha gustado mi redacción!

Jamás me había puesto **5** estrellas...

Dejo mi cuaderno abierto para que **AMY** vea

lo listo que soy. Pero no parece

muy interesada. Quizá esto ayude: ⇨

Tengo 5 ESTRELLAS

Nada, que no me mira.

Marcus dice que a él también le han puesto
5 estrellas.

«Genial», le digo.

«Ahora somos como gemelos de notas», me dice.
(¡Buf, qué tío más plasta!).

Les enseño la redacción a mis padres para que
se sientan orgullosos de mí (aunque sea
por una vez).

Pero mamá me da una nota para el profesor.

Estimado señor Fullerman:

Estamos encantados de que Tom haya conseguido cinco estrellas. Sin embargo, me gustaría añadir que estas vacaciones no han sido como de costumbre. En realidad, somos unos padres MUY responsables.

Tom ya está bien del brazo (por si usted se lo estaba preguntando, y por si a él se le ocurre intentar escaquearse de gimnasia).

Un cordial saludo,

El señor y la señora Gates

Creo que a papá y a mamá les preocupaba que mi redacción les hiciese quedar mal.

¡RECREO!

Estoy charlando con unos amigos a los que no he visto este verano. Mark tiene una nueva mascota (¡pero no quiere decirme qué animal es!).

A Norman no le dejan comer chuches ni NADA con mucho azúcar, porque se pone COMO UNA MOTO. Pero ahora mismo está corriendo por el patio con la camiseta en la cabeza y gritando: «¡Soy un astronauta! ¡Soy un astronauta!», lo que me hace pensar que se ha tomado alguna chuche de extranjis.

Armand (al que llamamos ARMARIO) es el chico más alto del colegio, y creo que este verano ha CRECIDO aún más.

ntonces llega Derek (nos han puesto en clases separadas porque, si no, nos pasamos el día hablando). Derek y yo nos hemos visto mucho durante las vacaciones (a él solo le ha crecido el pelo, no como Armand, que ha crecido entero).

Le enseño mis ideas para el nombre de nuestro grupo, y también los dibujos. El que más le gusta es el de los LOBOZOMBIS (y a mí también).
Entonces llega Marcus y se mete en nuestra conversación.

«¿Qué es eso?».

«Ideas para nuestro grupo».
«¿Qué grupo?».
«Derek y yo tenemos un grupo, y estamos buscándole un nombre».
«Eso es fácil».
«¿Ah, sí?».
(Marcus tiene una idea..., ¡cómo no!).

«Sí... Podríais llamaros...

Los Súper Cutres.

¡Ja, ja, ja!», dice Marcus.

Este año, Marcus está aún más repelente
que el año pasado (y ya es decir...).

Marcus
siendo
IDIOTA

¡Ja!
¡Ja!
¡Ja!

Y después, más deberes del señor Fullerman.
(Qué lejos quedan ya las vacaciones...).

DEBERES

Me gustaría que escribieseis una RESEÑA.

Puede ser de un libro, una obra de teatro, un concierto o una película: algo que hayáis visto o leído.

Haceos muchas preguntas, por ejemplo:

¿Qué os gustó y qué no os gustó?
¿De qué iba?
Describid la película, el libro o el concierto.

Deseando leeros pronto, se despide,

El señor Fullerman

(Veré qué echan por la tele esta noche y luego leeré la reseña del periódico. Es una buena forma de empezar).

La SOMBRA
del señor Fullerman →

Estar sentado tan cerca del profe me está
fastidiando bastante.
Porque eso me obliga a... trabajar.
¡Qué ROLLAZO!

(Amy no parece muy contenta de sentarse
a mi lado. A lo mejor si me ve trabajando
piensa que soy listo...).
Voy a intentar impresionarla.

Acaba de verme mirando su cuaderno.
Yo finjo estar dibujando,
pero me ha pillado.

Ya lo tengo... Dibujaré algo GRACIOSO.
¡Al señor Fullerman con pelo!

(Pero Amy, como si nada).

Después de las clases, Derek y yo
nos encontramos en el aparcamiento de bicicletas.
Nuestras bicis son muy chulas. La de Derek
está un poco cascada, pero es súper rápida.
En el aparcamiento hay una bici con una pinta
muy rara que nos llama la atención (pero no
en el buen sentido). Está cubierta de PELO,
tiene unos ojos MÓVILES bastante ridículos
y del manillar le salen unos colgantes raros.

«Se parece a Marcus», se ríe Derek.

«¡O a Norman con una sobredosis de chuches!», digo yo.

«Seguro que es de un niño pequeño que ha llegado nuevo al cole y no controla mucho», dice Derek.

«¿Qué clase de pringado tendría una bici como esta?», me río yo. ¡Ja!

¡Ja! ¡Ja! ¡Ja! ¡Ja! ¡Ja! Nos reímos los dos.

Pero AMY NO se ríe... ¡porque resulta que es SU bici!

No
No

Mientras sus llaves tintinean, Stan, el bedel del colegio, está moviendo la cabeza, enfadado, porque he molestado a Amy (¡OTRA VEZ!). Ella me llama IDIOTA y se lleva su bici. Yo le digo «lo siento», pero ella pasa de mí (igual que ha pasado de mis cinco estrellas).

En resumen: un día horrible.

Soy una tortuga

De vuelta a casa, por todas partes veo
pósters de mi grupo favorito, los **DUDE3**.
Pero ni siquiera eso me anima.
Derek se esfuerza por hacerme reír.
Pero yo solo puedo pensar en que Amy
me ha llamado idiota (se ha pasado tres pueblos),
y en que Marcus nos ha llamado cutres.
    «Míralo por el lado positivo», dice Derek.
Pero cuando le pregunto cuál es ese lado
positivo, resulta que no lo sabe.
«Es lo que se dice siempre: 'Mira el lado
positivo'», se justifica.
Genial.
Tendré que pensar en la forma de que Amy
me perdone, y no va a ser fácil...

Fijo que el ensayo de esta tarde con Derek
sale fatal, porque ahora mismo no hay NADA
que pueda animarme.

Nada...

MAMÁ

¡HA COMPRADO

GALLETITAS

galletitas

¡FANTÁSTICO!

¡GENIAL! ¡MIS PREFES!

¡Hurra! ¡Hurra! ¡Hurra! ¡Hurra!
¡Hurra! ¡Hurra! ¡Hurra! ¡Hurra!

(De repente, me he animado).

Derek y yo nos ponemos a zampar galletitas y nos bebemos unos zumos . (La preparación perfecta para una tarde de ensayo).

Mamá me dice:

«¡Déjale alguna galletita a Delia!».

(¡Sí, claro!).

En vez de eso, cojo la última galletita y le enseño a Derek mi truqui del envoltorio vacío.

El truqui es el siguiente:

1. Sacar la galletita de su envoltorio con cuidado.

2. Comérsela (media cada uno) antes de que Delia llegue a casa.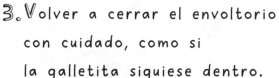

3. Volver a cerrar el envoltorio con cuidado, como si la galletita siguiese dentro.

4. Mirar cómo Delia abre el envoltorio vacío (¡ja, ja!).

Mi truqui ha salido DE MARAVILLA.

Oigo que Delia va a la cocina a chivarse a mamá, así que aprovecho para colarme en su habitación y cogerle varias revistas de **SÚPER ROCK** para leerlas con Derek.

(Son una gran inspiración para nuestros ensayos. Dentro hay fotos muy buenas de un montón de grupos).

Nos turnamos para ensayar unas cuantas

POSES ROQUERAS.

las gafas de sol de Delia

Algunas nos quedan mejor que otras.

(No hay que olvidarse de los deberes
de esta semana: escribir una reseña.
Bah, eso está chupado...).

Señor Fullerman:

Lo siento <u>MUCHO</u>.

No se imagina lo que me ha pasado.

Acababa de escribir la reseña que nos mandó cuando, sin querer, se me cayó un ENORME vaso de agua encima.

Estoy muy apenado, porque era una reseña MUY buena (tanto, que se merecía cinco estrellas, ¡o seis!).

¡AHH!

Querido Tom:

¡Menudo desastre!, ¿no? Espero que vuelvas a traerme la reseña mañana. Y de ahora en adelante, ¡ten cuidado con esos ENORMES vasos de agua!

Deberes

Reseña

...ribir...

...muy...

...cuand...

(Creo que la excusa ha colado, pero
por si acaso, para mañana hago los deberes).

Dibujo

Ahora toca dibujo. ¡Genial!, porque es una de mis asignaturas favoritas.

El señor Fullerman quiere que hagamos un autorretrato.

Luego colgará los dibujos por **TODO EL COLEGIO**, para que todos los vean (y se rían, seguramente).

El profe nos reparte unos espejos para que nos miremos mientras dibujamos (lo que no es nada fácil).

Todos estamos concentrados y en silencio, para variar (todos menos Norman, que no para de lanzar destellos a la cara de los demás hasta que el profe lo cambia de sitio).

Luego llega la señora Worthington (la profe de Derek) y sustituye al señor Fullerman, que sale para hacer algo más importante (como tomarse un café y leer el periódico).

A veces, la señora Worthington nos da clase de mates. Siempre se la ve súper entusiasmada con todo. Como ahora mismo, por ejemplo:

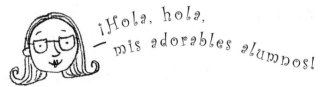

¡Hola, hola, mis adorables alumnos!

«Estoy deseando ver vuestros adorables retratos», nos dice, encantada de la vida.

Como a mí me gusta el dibujo, me estoy esforzando mogollón.

El autorretrato de Amy es un poco raro (la verdad es que no se parece ni pizca a ella).

Pero el suyo es mejor
que el de Marcus.
Él se ha dibujado una cabeza
GIGANTE (aunque en eso
sí que ha acertado).

La señora Worthington
ve que he terminado
mi autorretrato y se acerca
a mirarlo.

«¡Qué dibujo tan maravilloso, Tom!», dice.

«¡Al señor Fullerman le va a encantar!», añade.

Pero yo no la estoy escuchando porque, de repente, al tenerla tan cerca, me he dado cuenta de que la señora Worthington tiene encima del labio algo que se parece a, ejem...,

 que se parece a un...

¡BIGOTE!

Me esfuerzo para no quedarme mirándoselo
(y anda que no cuesta...).

(No mires... No mires...
Mírala a los ojos, no al bigote...).

«Tom, ¿por qué no haces otro
maravilloso retrato?».

Buena idea.

«Pero, esta vez, fíjate bien en la persona
que estás retratando. Y no olvides añadir
MUCHOS detalles».

De acuerdo, señora Worthington,
haré lo que pueda.

Ahí va...

Tengo la sensación de que, ahora,
la señora Worthington ya no está
tan entusiasmada con mi retrato (ni conmigo).

Colegio Oakfield
Para: padres de Tom Gates

Estimados señor y señora Gates:

Lamento informarles de que Tom estará
castigado mañana al mediodía. Esto se debe
a un desafortunado retrato que ha hecho
de mi persona. Espero sinceramente que Tom
aprenda la lección de que existe una GRAN
diferencia entre dibujar un retrato con mucho
detalle... y tener un detalle grosero.

Atentamente,   Señora Worthington

(Lección aprendida. A partir de ahora,
no dejaré que los profes vean mis dibujos).

Cuando llego a casa, papá YA se ha enterado de todo porque la señora Worthington ha llamado 😦. Lo peor es que Delia ha cogido el teléfono, así que ella también se ha enterado.

GENIAL, como si no fuera suficiente con la nota para mis padres... Ya puestos, la señora Worthington podría haber anunciado mi castigo con un avión ¡TOM está castigado! o con un globo, para que se enterase toda la ciudad... (Grrrr).

¡TOM ESTÁ CASTIGADO!

Luego, papá se lo cuenta a mamá, y ahora Derek no puede venir a ensayar esta tarde. Y, ENCIMA, mamá me pone una tarea extra...

«O barres el suelo de la cocina, o sacas la basura» (que apesta). ¡Jo, menuda elección!

Delia se lo está pasando PIPA. No para
de decirme «ÑAÑAÑAÑA»
con esa voz de niña idiota
que me pone de los nerviós
(pero no quiero
que se dé cuenta de que me fastidia, porque
entonces se pasará diciéndolo TODA
la noche, y seguramente
también mañana, y pasado...).

Papá me da una de sus charlas (bla, bla)
y me dice que, si no estudio mucho, acabaré
como él. (No me parece tan horrible, porque
papá tiene un trabajo bastante chulo).

Bla
Bla

Papá tiene su propia oficina (bueno, es más bien una cabaña en el jardín), donde trabaja en cosas de diseño informático. A veces también trabaja en las oficinas de otra gente.

A mamá le encanta eso, porque así papá tiene que vestir mejor y gana más dinero.

Yo prefiero que papá trabaje en casa, porque en la cabaña tiene una reserva SECRETA de galletitas que suelo comerme yo (sin que mamá lo sepa).

Total, que estoy barriendo el suelo de la cocina cuando aparece la abuela para pedirnos prestado un libro de cocina.

Galletitas

¡Hola, Tom! ¡He venido por un libro de cocina!

(Siempre llamo a mis abuelos

porque son tan mayores que parecen prehistóricos, pero se lo digo en broma, ¿eh? ¡Si los quiero un montón!).

«¡Pero si tú no usas libros de cocina!», dice mamá, sorprendida.

«Es que quiero organizar una comida con toda la familia», responde la abuela.

«Ah, ¿sí?», replica mamá.

(Huy, huy... ¡Qué malas noticias! (ᵕ‸ᵕ)

Os explicaré por qué...):

La abuela Mavis y el abuelo Frank no son unos abuelos muy normales.

Sobre todo en lo que se refiere a las comidas.
Les gusta experimentar con combinaciones de alimentos rarísimas.

pera   cebolla   sopa   ¡PUAJ!

té   CON   cereales

(Por lo visto, ahorra tiempo).

(Luego os daré más ejemplos).

Además, la abuela cocina FATAL.
Por eso mamá siempre intenta prestarle libros de cocina, a ver si alguna receta le sale medio comestible.

Todavía estoy barriendo, e intento
que la abuela se compadezca de mí poniendo
mi «carita de pena» especial .
A lo mejor hasta me da
algún dinerillo
(a veces lo hace).

Pero entonces mamá le cuenta
por qué estoy barriendo la cocina...

¡Un dibujo grosero!

Ay, madre...

(«Castigado..., bla, bla..., dibujo..., bla,
bla..., bigote..., bla, bla»).

¡Y ahora quiere que vaya a comprar leche!
(castigo y más castigo).
«Para hacerle un té a la abuela».

Con suerte, la abuela también me dará
dinerillo para que me compre algo.

PREMIO

Ya en la tienda, estoy decidiendo en qué gastarme el dinero (¿gominolas?, ¿galletitas?) cuando veo ⊙ ⊙ el número de este mes de

SÚPER ROCK

Y en la portada está el mejor grupo del mundo: **DUDE 3**.

¡**TENGO** que comprármelo! Y luego todavía me sobra dinero para dos gominolas.

¡GENIAL!

Mamá me pregunta:  ¿Y la leche?

(De repente, me acuerdo de para qué había ido a la tienda y escondo mi ~~SÚPER ROCK~~).

«No les quedaba», respondo yo.

(*¡UF!* Por los pelos... Tengo que contarle a Derek lo de los **DUDE 3**).

La abuela se toma una taza de agua caliente con una rodaja de zanahoria, lo que es un poco raro incluso para ella.

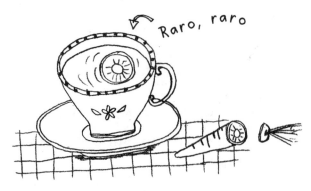

Raro, raro

He leído toda la entrevista de los **DUDE3**, y resulta que van a venir a NUESTRA CIUDAD. ¡No me lo puedo creer!

   Voy al ordenador, escucho sus últimas canciones y miro dónde más van a tocar.*

Esto es ALUCINANTE. Derek se ha conectado, y está tan emocionado como yo.

¡DUDE3, DUDE3, DUDE3! ¡YUUUUUUU-JUUUUUUU!

Tío, cómo mola. ¡¡¡Toy deseando verls!!!

YO TB... ¡¡¡YUPIIII!! ¿Me dejarás la revi? ¡Tráetla al cole!

¡Iré al concrto FIJO! Mi pdre me llama, hora de cnar komida kemada. Jajaja

Tú haz como k es komida rápida... ¡y kómetla muy deprisa! :P

¡Jaja! Se la dré a Delia... Cn ls gafs de sol, la muy INÚTIL no la verá.

*www.dude3.com

Buenas noticias: iremos al concierto.
Malas noticias: Derek y yo somos demasiado
pequeños para ir solos. Seguramente, papá
vendrá con nosotros, lo que está bien siempre
que PROMETA:

1. No cantar

2. No bailar

↙ vergüenza
ajena

3. No llevar ropa cantosa

Eso puede ser un problema, porque son las
tres cosas que más le gusta hacer (a veces,
todas a la vez).

-Uhhh-SHA-lalá...

(Vuelvo a mi lectura del **SÚPER ROCK**).

¡GRAN GIRA!

Súper Rock entrevista a la banda mientras se prepara para su gira, en la que tocarán sus grandes éxitos: «DUDE3 Rocks», «Rock Out» y «Fever for the Dudes». Con su nuevo álbum a punto de salir al mercado, ¡los DUDE3 están que se salen!

Oakfield, Estadio Monumental: viernes 1

Dessing Way Hall: lunes 4
Wolfington, Recinto Ferial: martes 5
Colinbury, La Pirámide: viernes 8
Plannington, Gran Estadio: sábado 9
Bumbleton, Palacio Pancracio: lunes 11
Borem, Feria de Congresos: martes 12
Sofferpool, Palacio de la Musiquilla: miércoles 13
Cuddly, Polideportivo: sábado 16

¡Sigue a tu grupo favorito!

¡Hurra!

Oakfield

¡Tooooma!

Esta noche casi no he pegado ojo ☉, ☉.

Solo puedo pensar en que los

van a venir. ¡QUÉ PASADA!

Hasta Delia parece contenta. (Aunque
en su caso... es difícil distinguirlo).

A mí, mientras no se me acerque demasiado,
no me importa.

Las entradas cuestan UN PASTÓN.
Si quiero que PAPÁ las pague, tendré
que portarme de maravilla toooodo el rato.
Será duro, pero valdrá la pena.

Estoy leyendo el **SÚPER ROCK** en el baño
mientras Delia aporrea la puerta. Cuanto más
cabreada está, más despacio leo yo, y me tiro
SIGLOS para lavarme los dientes.

Eso hace que vuelva a llegar tarde
al cole (aunque ha valido la pena).
Sin perder tiempo en peinarme, cojo la ropa
del suelo y me la pongo (está

montón de ropa

toda arrugada, pero da igual).

Luego me meto un enorme trozo de tostada
en la boca   y me llevo una manzana para
comérmela   por el camino (lo que no es

tostada

                    nada fácil yendo en bici).
Llego a la clase del señor Fullerman
30 segundos antes de que empiece.

¿Es que no ve que estoy ocupado?

oy estoy bastante contento, así que intento lanzarle a Amy una sonrisa encantadora, pero, por alguna razón, ella me dedica una mirada de las que dicen «QUÉ ASCO ME DAS».

¿Por qué será?

Mi sonrisa

¡Hola, Amy!

l señor Fullerman nos dice:

«Espero que recordéis que hoy es el día de la foto escolar».

¡NO! ¡NO! ¡NO!

(Se me había olvidado).

Por supuesto, el repelente de Marcus
se ha acordado. Y ha venido todo maqueado.
Puf...

puaj

Encima, hoy llevo la ropa más arrugada
de lo normal, por las prisas. Bah, es solo
una foto. ¿Qué es lo peor que puede pasar?

cuernos

La clase se pone en fila en el salón de actos.
Yo voy el segundo, después de Norman,
que está todo acelerado.
    (Espero por su bien
    que no haya comido chuches).

El fotógrafo le pide a Norman:
    «¿Puedes quedarte quieto?».

(Huy, huy... Está claro que ha comido chuches).

Por fin (después de MIL intentos más),
Norman se queda quieto el tiempo suficiente
para que le hagan una foto.

El fotógrafo murmura:

«Hoy va a ser un día muy largo...».

Entonces llega mi turno.

Florence  (otra chica súper lista) y Amy están mirándome, y el resto de la clase también.

Se me ocurre una idea. Intentaré parecer MALOTE, como los DUDE3 en las fotos de SÚPER ROCK.

¡GENIAL!

Pero el fotógrafo no se entera y me dice «¡SONRÍE UN POCO!».

Así que intento sonreír (lo justo), y él me dice en voz MUY ALTA:

«Vaya, tienes algo RARO entre los dientes».

(¡QUÉ HORROR!).

El fotógrafo se acerca y me da un espejito. (¿Se puede pasar más vergüenza?).

«Y péinate un poco. Toma un peine».

Ahora TODO EL MUNDO me está mirando.

(Sí, se puede pasar más vergüenza).

Tengo migas de tostada alrededor de la boca, y trocitos de piel de manzana entre los dientes. (¿Por qué no me habrá avisado Amy?). Y ahora, encima, estoy como un tomate.

Ya sé qué es lo peor que puede pasar: que la foto salga de pena.

El fotógrafo me hace la foto y salgo corriendo del salón de actos. He quedado fatal delante de TODA la clase.

Ahora tendré que esconder la foto durante el resto de mi vida. Sobre todo, de **M**amá. A ella le gusta enviar mis fotos escolares a <u>todos</u> los parientes

DEL MUNDO ENTERO.

foto escolar de Tom

Hay unos primos segundos en la Cochinchina que tienen mis fotos escolares en su casa.

Para
Vera Gates
Avenida Green, 5
Cochinchina
El mundo
(incluye foto de Tom Gates)

RECREO

Estoy buscando a Derek en el patio,
pero no lo encuentro por ninguna parte.
Su bici está en el aparcamiento de bicicletas,
así que sé que ha venido a clase. Me pregunto
si su foto será tan mala como la mía.
(Imposible).

Le pregunto a Armand el *Armario*
(el chico más ALTO del colegio)
si él lo ve.

MUY ALTO

Armario señala a un chico que está
en los columpios. Se parece un poco a Derek,
pero no puede ser él, porque lleva la camisa
abotonada hasta arriba Y tiene
la raya del pelo al lado.

RAYA
AL LADO

«Mamá me ha obligado», dice Derek.
«Para la foto escolar». (¡Qué horror!).

Entonces Derek se cuelga cabeza abajo
de una barra de los columpios
y el pelo se le vuelve a colocar
como siempre. Menos mal, porque
ningún miembro de los

LOBOZOMBIS llevaría jamás
la raya al lado.

Derek y yo ya podemos pasar a cosas más importantes, por ejemplo...

1. Que los **DUDE3** son el **MEJOR** grupo de la historia.

2. Que TENEMOS que ir a verlos.

3. Que los **LOBOZOMBIS** tenemos que ensayar más, para convertirnos en el **MEJOR** grupo de la historia.

4. LAS GALLETAS: ¿Cuáles son mejores, las de chocolate o las de vainilla?

5. Qué galletas nos llevaremos a los ensayos.

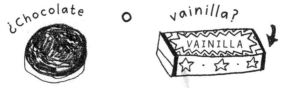

¿chocolate   o   vainilla?

VAINILLA

¿Quién se acuerda ya de las fotos escolares?

Dibujos de galletas

La Gran Galleta

¿LA

SÚPER GALLETA

¡AHH!

GALLETA

GALLETA

Mates

El señor Fullerman nos reparte las hojas de ejercicios.

Por fuera hago como que me interesan mucho los problemas de mates del señor Fullerman 😊 😑. Pero por dentro, todavía estoy reviviendo una y otra vez la vergüenza de mi foto escolar.

↖foto
   escolar
   HORRIBLE

Ojalá acabara el colegio justo ahora .
Para animarme, dibujo más diseños e ideas para el grupo.

Procuro hacer algunos ejercicios también,
para que parezca que estoy
trabajando.

Un lobo zombi
que es un zombi

¿Cuál es mejor?

$$24 + 32 = 56$$

$$10 + 10 = 20$$

¡Soy un genio!

Marcus está estirando el cuello para espiar ⊙ ⊙ por encima de mi hombro lo que estoy haciendo.

NO FASTIDIES, MARCUS...

Marcus   Marcus

El señor Fullerman me está mirando, así que coloco el brazo sobre los dibujos y hago unos cuantos ejercicios más.

Marcus se **INCLINA** en su silla para mirar
sobre mi hombro. Para que no pueda ver
los dibujos, le doy la espalda, y él se inclina
HACIA DELANTE. Entonces yo
me **INCLINO** también, y él apoya la cabeza en
la mesa, intentando ver por debajo
de mi brazo.

**«MARCUS... ¡deja de mirar los ejercicios
de Tom y concéntrate en los tuyos!».**

Eso, Marcus. **NADA** de copiar. Le está
bien empleado. ¡Ja!

Mientras todos están pendientes de Marcus, yo aprovecho para echar un vistazo ◯ ◯ a los ejercicios de Amy y memorizar algunas soluciones. (Al menos así tendré algunas bien).
Luego sigo con mis dibujos (que más tarde le enseñaré a Derek). Después de todo, esta clase de mates está resultando bastante bien.

¡PREMIO! ☺

El señor Keen es el director del colegio. Le gusta APARECER por sorpresa en las clases para ver qué tal va todo.

Hoy ha decidido venir a saludar a mi clase. Por suerte, yo tengo unos ejercicios estupendos delante de mí (sobre todo gracias a Amy).

«Hola, chicos».

«Hola, señor Keen».

Enseguida se pone a soltar la típica charla de director.

Mientras tanto, os voy a contar algunos

DATOS curiosos sobre el señor **K**een.

1. **T**iene una cara muy ROJA, que se pone aún más roja cuando se mosquea.

2. **S**e mosquea con facilidad.

Esto es un **ROJÓMETRO** que muestra claramente los diferentes niveles de rojez que puede atravesar la cara del señor Keen.

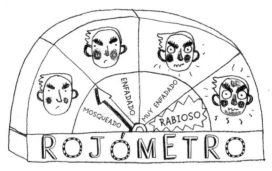

3. **S**us cejas parecen dos orugas **PELUDAS** reptando por su cara.

Mientras el señor Keen sigue con su charla, la barriga empieza a RUGIRME a lo bestia (casi es la hora de comer). Espero que pille la indirecta y deje de hablar. Pero él sigue.

Cuando mi barriga vuelve a rugir, señalo a Marcus, como si hubiera sido la de él.

Suena el timbre de la hora de comer, pero el señor Keen sigue dale que te pego.

«Bueno, y ahora, os dejo iros a comer», dice.

(YA ERA HORA).

Hay un truco para bajar corriendo
al comedor sin que parezca que vas
EMPUJANDO a todo el mundo.
El truco es andar muy rápido.

Andar rápido

Yo cojo mi maletín del almuerzo e intento no
respirar el olor de los

OVNIS

(Objetos **V**omitivos **N**o **I**dentificados**)**

que están sirviendo
en el comedor.

Los lunes, martes y miércoles me traigo
la comida de casa. Los jueves y viernes como
el menú del día.

Eso es porque los jueves **AMY** también come menú, y porque los viernes hay **PATATAS FRITAS**.

Me siento con Derek, y Norman se pone a mi lado. Cuando abro mi maletín, dentro encuentro una nota de la abuela Mavis.

¡Oh, NO! Lo había olvidado.

A la abuela le gusta prepararme la comida
cuando viene de visita.   ¡La!
Y yo no estaba allí   ¡La!
para detenerla...   ¡La!

Espero que no me haya
preparado **nada** extraño.

Al mirar ⊙ ⊙ dentro de mi maletín, veo algo
ligeramente parecido a una *pizza*.
Confirmado: es una *pizza*.
(De momento, todo bien).

Pero tiene forma de cara.
O eso creo.

Es MI cara... ¡Socorroooo!

En la *pizza* hay

queso (O k)

tomate (O k)

aceitunas (P U A J).

Y algo más que NUNCA pensé
que encontraría
en una *pizza*...

¡La!
¡La!
¡La!

(Pero... ¿qué has hecho, abuela?).

¡UN PLÁTANO!

¡Hay un plátano en mi *pizza!*
Lo quito corriendo, antes de que alguien
se dé cuenta de que hay un plátano
en mi *pizza* y piense que soy raro.
Demasiado tarde...
Amy y Florence pasan a mi lado, hacen
la típica mueca de «qué asco»
y se sientan en otra mesa.
Entonces Norman me da un codazo y dice:

«¿Eso de ahí es un plátano?».

«Puede...», contesto yo.

«¡MMMM! o Si no lo quieres,
me lo como yo».

Así que le doy el plátano a Norman para que
se lo coma si quiere. Derek me susurra:
«Qué asco» , pero como Norman parece
contento, no digo nada y me como el resto
de la *pizza* (que en algunas zonas sabe
un poco a plátano).

La abuela Mavis ha metido más sorpresas
en el maletín del almuerzo:

Una lata de zumo de pepino.

Galletitas de patata y lavanda.

Y un limón. (¿Por qué?).

$\mathbb{D}$erek se ha traído cosas más normales
para comer, y las comparte conmigo
(por eso es mi mejor amigo).

Mejor
amigo

Estamos a punto de salir al patio cuando
la señora Mega (es su nombre de verdad,
lo juro) da un aviso por megafonía.
Como nunca se le entiende lo que dice,
hay que estar muy atento.

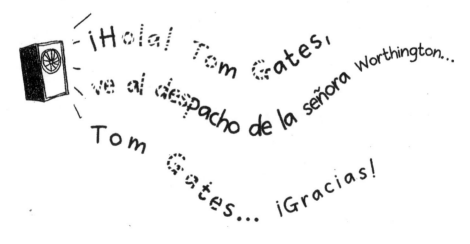

-¡Hola! Tom Gates, ve al despacho de la señora Worthington... Tom Gates... ¡Gracias!

¿Ha dicho que Tom Gates vaya al despacho de la señora Worthington...? Pues sí.
Me había olvidado del castigo.

GRRRR...

Tengo que ayudar a la señora Worthington a colgar todos los retratos que hicimos. (Pero no el que yo le hice a ella, claro).

Cuando no mira, añado algunos detalles al retrato de Marcus.

Creo que son una gran mejora.

AUTORRETRATOS

Ross

Paul

Armand

Julia

Norman

Pansy

Mark

Amber

Amy

Trevor

Brad

Leroy

Tom Gates

Florence

Indrani

Marcus

¡OH, NO! El señor Fullerman

ha mirado mi cuaderno.

Tom:
Estoy seguro de que los LOBOZOMBIS son
un grupo estupendo. Pero tienes
que concentrarte más en las matemáticas.
(Por cierto, me gusta más este diseño).

Señor Fullerman

Me esfuerzo mucho por prestar atención
en clase, porque no puedo permitirme el lujo
de que vuelvan a llamarme la atención.
Sobre todo si quiero que papá compre
las entradas para ver a los DUDE3.

Aunque sé que papá y mamá usarán esto para ponerme a hacer cosas que odio, tipo:

«Cómete las verduras... si quieres esas entradas para los ».

«Ordena tu cuarto... si quieres esas entradas para los DUDE3».

«Deja entrar a tu hermana en el baño primero... si quieres esas entradas para los DUDE3».

Ya los estoy oyendo.

Esto va a ser muuuuy duro.

Estoy intentando ser súper bueno en clase del señor Fullerman.
Hasta me ofrezco voluntario para repartir las autorizaciones para la visita cultural.

Marcus trata de agarrar su autorización antes de que yo se la entregue.

Yo le digo: «Tranquilito, ¿eh?», y le dejo para el final. Marearlo con no darle la autorización me divierte. Pero entonces el señor Fullerman me lanza una de sus miradas **ASESINAS**.

Por cierto, la visita cultural tiene buena pinta.

Visita al ala del **Antiguo Egipto y las momias**
del Museo Arqueológico

Estimados padres o tutores:

Este trimestre, nuestros alumnos van a estudiar el Antiguo Egipto,
y nos gustaría llevarlos al Museo Arqueológico como parte
del programa escolar.

La visita durará un día entero, por lo que los alumnos tendrán
que llevarse la comida de casa. Viajaremos en autocar
y necesitaremos adultos voluntarios para acompañarnos,
si hay alguno disponible.

Por favor, rellenen la siguiente autorización para que su hijo o hija
pueda asistir al viaje.

Un cordial saludo,

Señor Fullerman

(Recortar y devolver al colegio cuanto antes).

Nombre del alumno: **TomGATES**

Autorizo a mi hijo/a a visitar el Museo Arqueológico:

SÍ/NO ☺   Nombre completo: Rita Gates

Firmado: _Rita Gates_

(obra de arte)

¿Padece su hijo/a alguna alergia?: Sí
En caso afirmativo, especifique: No le den NADA de verdura
¿Está tomando algún medicamento? ¿Cuál?: Sí, caramelos para
la tos, aunQue CUALQUIER CARAMELO sirve.

¿Podrá participar usted en la visita cultural como
voluntario/a?: No NoNo
Nombre de contacto:
Teléfono de contacto:

(Ya está).

Hoy, el señor Fullerman nos ha pedido que leamos en voz alta nuestra redacción sobre las vacaciones. Yo estoy contento, porque ha puntuado la mía con

 estrellas.

Será una buena oportunidad para impresionar a Amy (o eso espero).

Norman lee la suya primero.

Ha ido a DISNEYLAND.
¡Qué SUERTE! (Aunque no ha conseguido cinco estrellas como yo. ¡Ja!).

A Marcus lo mandaron CASI TODAS LAS VACACIONES a un campamento. Creo que a sus padres les cae tan mal como a mí (si pudiera, yo lo mandaría de campamento el año entero).

La redacción de Julia, titulada «He encontrado una concha interesante», no es nada interesante.

La clase se vuelve más y más aburrida, hasta que Mark se levanta y lee **«MI NUEVA SERPIENTE»**, que enseguida capta mi atención.

Mark nos cuenta que tiene ratones en la nevera para alimentar a la serpiente.

Y también cómo se compró la serpiente, y dónde vive, y cómo se llama (*Serpi,* que no es muy original...). Es una historia genial, la verdad.

Pero lo **MEJOR** de todo es cuando Mark rebusca en su pupitre y saca...

Es alucinante. Pero el profe no opina lo mismo. Ni tampoco media clase, que empieza a correr y a GRITAR.

El señor Fullerman obliga a Mark a guardar la serpiente. Desde secretaría llaman a su madre, que viene a recogerlos a los dos. Y es una pena, porque me encantan las serpientes y no he podido verla bien.

Al final del día, nos dan una nota para casa.

Estimados padres o tutores:

Recordamos a todos los alumnos y padres que NO se puede traer NINGUNA mascota al colegio.

Las mascotas son para el hogar, no para las aulas. Sobre todo las que pueden dar un poco de miedo (como las serpientes).

Gracias,

Señor Keen

Y, hablando de mascotas, Derek pronto
va a tener un PERRO. ¡Estoy emocionado!
Delia es alérgica a los perros, y por eso
no me dejan tener uno. Pero, por mí, Derek
puede traer a su perro a casa SIEMPRE
que quiera, porque:

1. Me encantan los perros.

2. Delia tendrá que quedarse
en su cuarto o marcharse de casa.
Sea como sea, no podrá estar cerca de mí
para chincharme.

¡Perfecto!

El perro de Derek

Derek me ha mandado una foto de su perro...

Este fin de semana vamos a comer con toda la familia a casa de los **FÓSILES**.

A mamá le preocupa qué comeremos, sobre todo desde que le conté lo de la *pizza* con plátano.

A papá le preocupa que su hermano (el tío Kevin) y su familia estarán allí. El tío Kevin parece saber muchas cosas. Papá dice que es un «enteradillo».

La tía **A**lice siempre se ríe de los chistes del tío Kevin, aunque no tengan gracia (que es la mayoría de las veces).

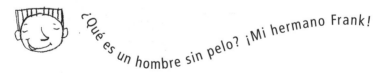

¿Qué es un hombre sin pelo? ¡Mi hermano Frank!

¡Ja! ¡Ja! ¡Ja!

Delia está de mal humor porque no quiere ir.
Yo empiezo a decir: «¡Delia tiene novio,
Delia tiene novio!», y eso le pone de PEOR
humor todavía.

Papá y mamá insisten en que tiene
que venir.

Algo me dice que la comida no va a ser
muy divertida...

Por suerte, los fósiles están de MUY buen humor y muy contentos de vernos a todos, y eso ayuda mucho.

¿Qué hay, chicos?

¡Hola!

Mis primos los gemelos ya están allí, comiendo (y comen un montón). Son todavía más altos que *Armario*. Yo les digo «Hola», pero como ellos no hablan mucho, solo me saludan con la mano.

Mamá pregunta qué hay para comer, y todos esperamos la respuesta, nerviosos.

La abuela anuncia el menú:

Pollo relleno de queso.

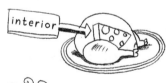

interior

¿Huevos asados?

Brochetas de guisantes.

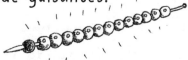

Espero que todo eso sepa mejor de lo que suena.

Ya estamos todos sentados a la mesa cuando el tío Kevin le pregunta a papá si está más calvo, y la tía Alice se ríe.

¡Ja! ¡Ja!

Papá no parece tan divertido.

La abuela se acerca y nos pregunta:

«¿Está todo bien?».

Y todos contestamos: «¡Sí!».

«¡Delicioso!». «¡Mmmmm!»...

... y cumplidos por el estilo. Pero yo me fijo en que, menos los gemelos, nadie está comiendo mucho. Y Delia está mandando mensajes de móvil por debajo de la mesa.

El tío Kevin empieza a hablar de sus

«FANTÁSTICAS vacaciones

de tres semanas en Grecia».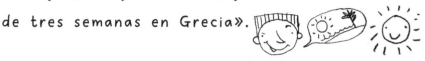

Yo les cuento a todos nuestra horrible acampada
de dos días, que se puso a llover y que
la tienda de campaña salió volando
porque a papá se le había ocurrido

la MARAVILLOSA idea de montarla
junto a un río. Y luego les cuento que me caí
de un árbol...

La tía Alice y el tío Kevin se lo están pasando
fenomenal.   ¡Ja!   ¡Ja! ¡Ja!
                                  ¡Ja!

Papá y mamá están MIRÁNDOME
en plan «CALLA, NIÑO».

Entonces el abuelo cambia de tema
y me pregunta por mi grupo.

Yo le hablo de los **LOBOZOMBIS** ¡y les cuento a todos que los **DUDE3** van a venir a tocar a la ciudad!

«**Y** papá es **TAN** guay que ha prometido comprar entradas para que vayamos a verlos», digo.
(Papá parece sorprendido, pero no dice que no).

Soy un genio.

Resulta que los gemelos también son unos GRANDES fans de los **DUDE3** . Nunca los había visto tan emocionados por algo desde que ganaron una súper tarta de chocolate en un campeonato de comilones.

El tío Kevin propone que vayamos todos juntos, en plan «salida familiar».

A mí me da igual quién vaya (siempre que no sea solo Delia), así que exclamo: «¡GENIAL!».

Pero a papá no parece gustarle mucho la idea, sobre todo cuando el tío Kevin empieza a hablar sobre su «pésimo gusto para la música cuando era joven».

Papá está a punto de contestar al tío Kevin cuando, de repente, la abuela aparece con un...

¿¿PUDIN??

La pobre tiene que explicarnos qué es, porque a simple vista ninguno lo sabemos.

El «pudin» de la abuela es un MONTÓN de tortitas de color rosa que no saben mal, pero que en realidad parecen una repugnante pila de trozos de hígado crudo.

De vuelta a casa, paramos a comprar comida para llevar , porque todos seguimos con hambre.

Papá y mamá no parecen muy contentos.

Delia parece amargada (como siempre, vaya).

Pero yo estoy MUY contento, porque:

1. Ya es seguro que voy a ver a los **DUDE 3**.
2. La abuela me ha dado algunas chuches y unas monedas cuando me iba.

¡PREMIO! Estoy deseando contárselo a Derek.

(Ahora solo tengo que pedirle a **Amy** que venga al concierto).

Hoy solo he llegado un poquitín tarde
al cole. Esconder las gafas de sol de Delia
me ha llevado más rato de lo normal.
Creo que meterlas en una bolsa
abierta de lechuga ha sido una
idea genial. Delia NUNCA
las habría encontrado si mamá no se hubiera
puesto a preparar sándwiches con lechuga.

He salido de casa antes de que Delia
o mamá tuviesen tiempo de echarme la bronca.

Llego a clase justo cuando están pasando lista.

El señor Fullerman levanta los ojos de la lista
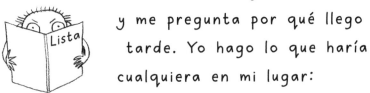
y me pregunta por qué llego
tarde. Yo hago lo que haría
cualquiera en mi lugar:
culpar a mi hermana mayor de haberme dejado
encerrado en el baño.

El profe apunta mi excusa en la lista y sigue
con lo suyo.

¡UFFFF!

A **AMY** no le interesa ni pizca mi excusa,
porque está ocupada memorizando sus

¡PALABRAS!

(**¡OH, NO!** ¡Me había olvidado del examen
semanal de ortografía!).

Esta <u>no</u> es una buena forma de empezar el día.
Estoy histérico, preguntándome qué voy a hacer,
cuando pasa algo maravilloso... Miro hacia
la mesa del señor Fullerman y se me ocurre que
puedo intentar ver las respuestas del examen.
La hoja de respuestas está boca abajo,
pero puedo descifrar las palabras del revés.
Las copio rápidamente antes de que nadie
se dé cuenta.

Así:

(¡Este examen va a estar chupado!).

(Lo que puedo ver).

Búho
Baúl
Almohada
Cohete
Deshacer
Hoguera
Pararrayos
Servilleta
Horquilla

(Lo que escribo).

El señor Fullerman empieza con el examen.
Yo hago como si pensara detenidamente
y escribo las respuestas. Y entonces
me doy cuenta de que tengo un problema
MUY gordo...

¡Estas palabras no son las mismas que está dictando el profe! Eso me hace pensar que las que he escrito son las del examen de la semana que viene. Y ahora, ¿qué?

Tengo la mente en blanco y ya me he perdido las **TRES** primeras palabras. CUATRO palabras... CINCO palabras... SEIS-SIETE-OCHO... ¡Todo el examen! Sigo haciendo como que escribo para que el señor Fullerman no sospeche, y espero a que ocurra un milagro. **Si** el profe se da cuenta de que he contestado el examen de la semana que viene, pensará que soy peor que una rata...

El examen ha terminado, y tenemos que intercambiar nuestra hoja con el alumno de al lado para que nos puntúe. Marcus me da la suya. ¡Ay, madre! ¡Ahora sí que me he metido en un lío!

copiota

Tengo que pensar algo enseguida...

eXamen

¡AHH!

La tragedia llega en forma de boli al que se le sale la tinta.

El señor Fullerman me hace limpiar la tinta
que ha emborronado mi examen por «accidente».
(¡TOOOOMA!).
Luego puntúo el examen de Marcus.
Él cree que lo ha hecho muy bien, y se le ve
todo chulito.

Marcus

1. zanaoria ☹ ✗
2. volcán ✓
3. girafa ☹ ✗
4. automóbil
5. héroe ✗
6. inposible ✓
7. esquimal ✗
8. alaja ✗ ✓

$$\frac{3}{8}$$

Marcus **solo** ha acertado 3 de 8.

Ahora ya no se le ve tan chulito.

Amy ha acertado 8 de 8 (es que es listísima).

Yo le digo «¡HALA! Enhorabuena, Amy»
(y eso pone a Marcus de los nervios).
«Se te da genial la ortografía, ¿no?».
Ella me contesta: «Gracias..., aunque yo
no dibujo tan bien como tú» (¡ostras,
me ha dicho algo amable!).

Mientras los demás comprueban sus resultados,
yo le enseño a Amy mis últimos dibujos
de los **LOBOZOMBIS** y le pido que elija
el que más le guste. (Escoge el mismo que el
señor Fullerman).

Esta es la conversación más larga que he tenido nunca con ella. Le cuento que los **DUDE3** van a venir a dar un concierto.

¡Y resulta que a ella también le gustan! ¡Es GENIAL!

Estoy pensando en la mejor forma de invitar a Amy a ver a los **DUDE3** cuando de repente me dice que le gusta cantar.

Yo le digo: «A mí también», y ella dice: «¿De verdad?», y yo digo:

«Sí, nunca me canso de cantar».

Entonces ella me invita a apuntarme al coro del colegio (como ella), y de repente me encuentro diciendo: «Es una idea genial, me ENCANTARÍA cantar en el coro».

(¿POR QUÉ? ¿POR QUÉ? ¿POR QUÉ habré dicho eso?).

Y eso es exactamente lo que me dice Derek
cuando le cuento:

«Voy a apuntarme al coro. Me vendrá bien
para el grupo».

«¿Tú crees?» . (Derek no parece
muy convencido).

Derek

(En realidad no lo creo. Pero es que quiero
que Amy venga a ver a los **DUDE3**,
y no puedo decírselo así a Derek).

Por el pasillo, paso junto a un póster
del coro del colegio. ¡No puedo creerme que
los ensayos sean **A LA HORA DE COMER!**
Ni siquiera me servirán para saltarme una
o dos clases aburridas.
Bueno, iré un par de veces para tener a Amy
contenta, y después lo dejaré.

Buen plan.

¡CUIDADO: PIOJOS!
COMPRUEBA A MENUDO TU PELO
PÉINATE CON FRECUENCIA
NO COMPARTAS PEINES

¡Ni un pelo de tonto!
cabeza
piojo

¡SONRÍE!
ESTE LUNES ES
EL DÍA DE
LA FOTO ESCOLAR,
¡NO LO OLVIDES!

¡CANTAR
ES DIVERTIDO!
Únete al **CORO**
con la señora Nap.

Ensayo los miércoles,
a la hora de comer,
en el salón de actos.
TODOS SERÉIS
BIENVENIDOS.

Grrrr...

Asamblea Escolar

Hoy hay una asamblea especial.

¡No me puedo creer que a MARCUS le vayan a dar un premio por su redacción sobre las vacaciones! Es muy injusto, porque yo también saqué 5 estrellas.

El señor Keen, el director, entrega los premios delante de todo el colegio.

Va a ser asqueroso ver la cara de súper chulito de Marcus. Y para empeorar las cosas, el señor Fullerman le pide que lleve la hoja de asistencia a secretaría. Ahora, Marcus se cree que es especial.

(Mientras él está fuera, decido añadir mis propios comentarios a su trabajo).

listillo

El señor **K**een está de pie delante de todo el colegio.

Nos cuenta las típicas cosas que les gusta contar a los directores.

«Mucho trabajo duro...».

«Buenos resultados...». Bla, bla, bla...

Como estoy sentado detrás de **Armario** no puedo ver muy bien lo que está pasando.

La señora Nap nos hace cantar a todos una canción titulada

«Alegría en el corazón».

Esta profesora también es de las que se entusiasman y *SE BALANCEAN* mientras cantan a voz en grito.

¡Alegría en el corazón!

Pansy (ojito con ella, que es una chica dura) y, por supuesto, Marcus, están recibiendo sus premios.

Brad (que tiene un pelo muy chulo) está sentado a mi lado. Yo le digo que se fije bien en Marcus.

« Sssshhhhhh ».

El señor Fullerman me está lanzando una de esas miradas suyas.

ojos mortales

El señor Keen dice:

«Hoy vamos a entregar unos premios muy importantes. Treasure y Grace, por favor, acercaos para recoger vuestros premios por vuestro trabajo de ciencias naturales».

Todos aplaudimos mientras las dos chicas
nos enseñan su impresionante trabajo.

**«Ahora quiero que Pansy y Marcus
se acerquen a recoger su premio
por su redacción titulada
"Mis vacaciones"».**

Pansy sostiene en alto su cuaderno.
Tiene una letra y unos dibujos muy bonitos.
Todo el colegio aplaude, y ella recoge su premio.
Luego le toca el turno a Marcus, que también
enseña su trabajo. Se pasea por el salón
de actos para que todo el mundo pueda ver
lo que ha escrito en su cuaderno.

Todos sueltan una carcajada. Y siguen y siguen riéndose.

(Yo disfruto del momento).

Marcus agarra su premio y vuelve a sentarse muy rápido. No entiende por qué todo el mundo se ha reído de él.

Ojalá todas las asambleas fueran tan divertidas, porque, durante un segundo, olvido mi promesa de apuntarme al coro. Pero cuando termina la asamblea y vuelvo a pasar junto a ese póster, vuelvo a acordarme de todo.

Grrrr...

mosqueo

El señor Fullerman tampoco está de muy buen humor. (Sospecha que yo he tenido algo que ver con las «mejoras» de la redacción de Marcus).

El profesor me recuerda lo de la reseña y nos habla del concierto escolar (por lo visto, el coro va a cantar en él).

Y, por si eso fuera poco, nos reparte unas hojas para invitar a nuestros padres a venir a hablar con los profesores.

¿Cómo voy a encontrar tiempo para los ensayos del grupo ahora?

Consigo sobrevivir al resto de la clase concentrándome MUCHO en dos cosas:

1. En lo que voy a comer hoy.

2. En la mosca que revolotea alrededor de la cabeza del señor Fullerman.

Bla, bla, bla...

Tarda un rato, pero finalmente la mosca se posa. El profesor dice:

«Me alegra ver que estás prestándome tanta atención, Tom».

Y eso me hace reír. Entonces Amy me recuerda que «a la hora de la comida hay ensayo del coro».

«Genial», le respondo. «Me muero de ganas».

(Grrrr...).

La señora Nap da la bienvenida
a los nuevos (o sea, a mí) al coro. Yo no tenía
ni idea de que ARMARIO también estaba
en el coro (se lo tenía muy calladito), y OH,
NO...
Marcus también está allí (genial, no consigo
librarme de él).

Amy parece contenta de verme,
que ya es algo.

La señora Nap me coloca al lado de Marcus
OTRA VEZ.

Luego nos pide que hagamos unos ridículos
ejercicios de calentamiento para la voz.
Tenemos que hacer un montón de muecas y
ruidos extraños. Después aprendemos
las canciones que cantaremos en el concierto.
La verdad es que no están tan mal. Casi estoy
empezando a divertirme.

La señora Nap nos pide que nos balanceemos mientras cantamos.

La idea es que nos movamos todos a la vez en la misma dirección. Pero Marcus se balancea todo el rato (y aposta) contra mí. Y yo *me balanceo* contra **ÉL.**

Luego él se balancea contra mí y *me pisa* el pie. Y yo le doy un SÚPER = empujón (y consigo que deje de pisarme).

Entonces él se balancea contra mí **OTRA VEZ** y yo *me balanceo* un poco más **FUERTE** contra él. Y Marcus sale por los aires (¡como si le hubiera atizado un elefante!).

Ahora, Marcus lloriquea en el suelo, gritando:

«¡Tom ME HA EMPUJADO. TOM ME HA EMPUJADO!».

(Qué bobo que es, el pobre).

La señora Nap ayuda a Marcus a levantarse, y luego me echa A MÍ, diciendo:

«Deberías habértelo pensado mejor, **Tom**. Quizá el coro **no** sea lo tuyo».

Pues yo pensaba que lo estaba haciendo MUY bien.

Hago un dibujo de Marcus, y eso me hace sentir mejor.

Marcus es un sapo repugnante.

¡CROAC!

HISTORIA

De nuevo en clase, Marcus se sienta todo lo lejos de mí que puede. (Más le vale, pienso yo).

«Marcus es un idiota», me dice Amy. Resulta que le ha visto empujarme y pisarme. (Al final va a ser que lo del coro no ha sido tan mala idea).
Al ver que Amy se pone de mi parte, aprovecho para sacar el tema de los **DUDE3**. (Recuerdo que a ella le ENCANTABAN).

«¿Vas a ir al concierto?», le pregunto.

«¡**OJALÁ**!», contesta ella. «Pero no tengo entrada». Entonces Marcus (que no puede evitarlo, porque es un cotilla) se mete en la conversación.

«Yo Tengo entradas VIP», dice.

Su padre conoce a alguien que conoce a alguien que conoce a alguien que les ha conseguido entradas. En fin...

Yo le digo que VIP viene de

Veo que te Inventas Patrañas.

¡Y él va y se lo cree! ¡Ja, ja, ja!

Entonces invito a Amy a venir al concierto con mi padre, con Derek y conmigo (decido no mencionar al tío Kevin, la tía Alice y los gemelos).

Y ella me dice «Vale» y sigue leyendo.

«GENIAL», digo yo, y así acaba la conversación.

Asunto resuelto. Vamos todos a ver a mi grupo favorito. Ha sido fácil. Y entonces, dejo de escuchar la clase de historia y me pongo a imaginarme en el concierto (que es mucho más divertido).

Los **DUDE3** están increíbles, y tocan todos sus grandes éxitos.

De repente, en mitad de su solo, el guitarrista de los **DUDE3** se pone enfermo y tienen que sacarlo del escenario en camilla.

El cantante pregunta al público:
«¿Alguien sabe tocar las canciones de **DUDE3**?».

«¡YO!», grito, y subo de un salto al escenario. La gente me aplaude. Amy me aplaude. Derek me aplaude. Empiezo a tocar, y la multitud se queda boquiabierta. Entonces empiezan a gritar mi nombre.

¡TOM! ¡TOM!

¡TOM!

¡TOM!

¡TOM!

El señor Fullerman me está gritando.
(Me he perdido casi toda la clase de historia).

Aunque ha valido la pena.

Esta noche repasaré lo que han dado, y mañana
le demostraré al profesor que soy un buen chico
llegando puntual para la visita al museo.

¡Estoy deseando que llegue!

El señor Fullerman está enfadado porque
he vuelto a llegar TARDE. Ha sido culpa
de Delia (bueno, eso es lo que le digo a él).
Todos están montados ya en el autocar
y muy emocionados.
Sobre todo Norman, que no para de dar botes
en su asiento.

En el autocar solo veo un asiento libre,
a la izquierda, al lado de...

¡NO, la señora Worthington y su bigote, no!

asiento
libre

¡Hola,
Tom!

En realidad, Derek me había guardado un sitio a su lado, pero le divierte el susto que me he llevado.

«¡Qué careto has puesto!», se ríe. «Ja, ja. Muy divertido», le contesto yo.

El viaje en autocar dura SIGLOS, porque algunos necesitan ir al baño y Julia se marea (se ha puesto de un color verdoso un poco feo). Por eso tenemos que parar cada dos por tres. Al fin llegamos al museo.

Es ENORME, con unos grandes escalones de piedra que suben hasta unas puertas de madera con unas columnas gigantes a cada lado. Allí hay muchos más estudiantes (bastante más educados que nosotros).

Nos dividimos en tres grupos, cada uno
con un profesor (al mío le toca la señora Nap).

Nos dan a todos un **t**est **egipcio**
para que lo rellenemos. Yo estoy en el grupo
de Amy y Derek, y básicamente recorremos
el museo copiando lo que escribe Amy.
No tardamos mucho en rellenar
el test, y nos vamos a la tienda
de regalos.

Ya sé lo que quiero comprarme.

A la hora de comer, ALGUIEN
(o sea, yo) le da a Norman una galleta
(se me olvida que el azúcar le pone
más atómico que de costumbre).

Estamos todos sentados escuchando
a la experta sobre Egipto del Museo.
Mientras nos enseña una momia real,
nos explica con todo lujo de detalles
ASQUEROSOS que los antiguos
egipcios...

«usaban un gancho largo para sacar
el cerebro de los muertos por la nariz
antes de momificarlos...».

Julia se pone verde y vuelve a encontrarse
mal.

Norman no para quieto, y quiere ver la momia
más de cerca.

Entonces SALTA demasiado rápido y...

... empuja a Brad, que choca contra Leroy,
que cae sobre ARMARIO, que sin querer
empuja a la señora Worthington. Ella se cae
y tropieza con un jarrón egipcio
súper antiguo...

Por suerte, ¡el señor Fullerman consigue

COGERLO AL VUELO!

Lo está sujetando muy fuerte mientras suspira
de alivio..., cuando Julia se acerca y echa
la pota dentro.

(No creo que los egipcios usaran sus jarrones
para eso).

La experta del museo no tarda en deshacerse de nosotros.

Mientras Julia se limpia un poco, los demás volvemos a la tienda de regalos.

Yo me compro unos tatuajes egipcios geniales.

De vuelta a casa, el autocar está mucho más tranquilo porque todos van durmiendo. Incluido Marcus. Y esa es una gran noticia, porque:

1. No tengo que escucharle ni hablar con él (es un plasta).

2. Sigo enfadado con él por haber hecho que me expulsen del coro.

3. Así puedo probar mis nuevos «tatuajes egipcios».

¡Que funcionan fenomenal!

Estoy haciendo
algunos dibujos más,
y eso me hace
PENSAR
en otras cosas
INTERESANTES...

galleta
lunar

Reglas:

Voy a incluir algunas reglas de la vida basadas en cosas que me han pasado a mí (por lo que todas son verdaderas).

REGLA 1.

Las fotos escolares son siempre HORRIBLES. No se salva ni una. Aunque un fotógrafo mundialmente famoso hiciera la foto escolar, seguiría siendo DE PENA.

foto escolar → HORRIBLE

REGLA 2.

Los hermanos (en mi caso, Delia) saben fastidiarte de maneras que nadie más conoce.

REGLA 3.

Los padres dan MÁS vergüenza ajena según van haciéndose mayores.

Ahora, mi padre es oficialmente

CAMPEÓN MUNDIAL de dar vergüenza ajena.

Cuando volvimos de la visita cultural,
me esperaba para llevarme a casa, y se había
puesto:

Un gorrito de lana de un color penoso
con su nombre bordado.

Unos vaqueros llenos de barro atados con una
cuerda.

NO con un cinturón, sino con una cuerda.

Una camisa arrugada llena de agujeros
y parches.

Unas botas de agua súper viejas
y muy guarras.

gorrito patético

¡TOM!

(vergüenza ajena)

CUERDA

parche

barro

parche

barro

BARRO

«He estado arreglando el jardín», dice.

(¡Como si eso fuera una excusa!).

«Como te pongas así, ya no volveré a venir a buscarte».

(¡Ojalá!).

Brad y Mark pensaron que era un mendigo.

¡Ja!   ¡Ja!   ¡Ja!   ¡Ja!

«Mira ese mendigo de ahí», se reían.

«¿Te imaginas que fuera TU PADRE?»,
dijo Brad.

¡Ja!

«Pues es mi padre», les dije yo.
Estaba deseando volver corriendo a casa.

Solo perdoné a papá cuando se sacó del bolsillo
cuatro entradas (un poco guarras)
para el concierto de los .

(Por eso había venido
a recogerme).

Ahora estoy feliz como una perdiz.

En casa, Delia me fastidia el día paseándose por ahí con mi foto escolar y riéndose.

«¡Qué **FEO**, por favor!».

Y lo peor es que tengo que darle la razón. Es HORRIBLE, monstruosa, una foto de lo más penosa. Lo peor, vamos.

foto escolar HORRIBLE

Salgo con el pelo raro y la cara roja.
Sabía que la foto iba a ser mala, pero no TANTO.

¡ARJJ!

Se la quito de la mano a Delia e intento esconderla antes de que mamá la vea.
Delia dice:

«¡DEMASIADO TARDE, PRINGADO!».

Resulta que a mamá le ha encantado la foto
y ya ha encargado como un millón de copias
para toda la familia...

GRRRR...

foto
escolar
de Tom

Le cuento a Derek lo de las entradas para
los **DUDE3**. ¡Y él me dice que ya tiene
a su PERRITO, y va a traerlo a mi casa
para que lo vea! (Como Delia es alérgica
a los perros, eso la mantendrá alejada).

Parece que el señor Fullerman vuelve a estar de buen humor. (A pesar de que he vuelto a llegar a clase un pelín tarde... y de que me he olvidado la reseña

OTRA VEZ).

«Hoy vamos a hacer maquetas de pirámides».

(¡Por fin algo divertido!).

El profe nos separa en grupos. A mí me toca con Norman, Amber, Pansy, Indrani y *ARMARIO.*
(Yo me encargo de mover las mesas).
Armario dice que tiene una idea
para la maqueta.
«¿Y si le damos forma de pirámide?».
Está hecho un GENIO.

Indrani dibuja una plantilla en cartón
y Amber la recorta. Luego, entre todos
la cubrimos de pegamento y papel y nos queda
una maqueta bonita y resistente.
Estamos trabajando muy bien en equipo
(cosa rara en nuestra clase). Nuestra pirámide
ya empieza a parecer... en fin, una pirámide.

El señor Fullerman está ahora con el grupo
de Mark, al que le está costando un poco...

Entonces Norman empieza a aburrirse.
(Se aburre con facilidad).

«Vamos a hacer una momia», propone.

GRAN IDEA.

Norman coge seis rollos de papel higiénico
del baño e intenta «envolver» a ARMARIO.
Pero no hay suficiente papel para envolverlo
entero (es demasiado grande). Por eso
decidimos envolver a Norman, que es
más pequeño, aunque mucho más nervioso.

«Estate quieto, Norman», le digo.

No resulta fácil cubrirle las piernas
y la cabeza con el papel higiénico.
Cuando al fin lo tenemos momificado, Norman
se pone a dar vueltas con los brazos estirados
(como una momia de película).

Ahora está haciendo ruidos, tipo ¡UUUUUUUHHHHH!
¡UUUUUUUHHHHH!

Lo hace genial. Es muy realista.

Está asustando a Amber . **¡AHH!**

El señor Fullerman levanta la cabeza para ver
lo que estamos haciendo.

DE REPENTE, el señor Keen
entra en el aula.

(Una de sus visitas sorpresa).

Norman se ha escondido detrás de la puerta, sin moverse.

El señor **K**een nos pregunta qué tal ha ido la visita cultural y admira la pirámide que hemos hecho.

¡UUUUUUUUHHHHH! ¡UUUUUUUUUHHHHH!).

«¿Qué es ese ruido tan raro?».

Toda la clase se empieza a reír.

¡UUUUUUUUUHHHHH! ¡UUUUUUUUUHHHHH!).

«¿Otra vez?».

La cara del director ya está entrando en la fase de «mosqueado» del

ROJÓMETRO,

pero de pronto suena un aviso de la señora **M**ega. Cuando el señor Keen sale por la puerta, todos vemos a Norman haciendo

¡UUUUUUUUHHHHH! ¡UUUUUUUUUHHHHH!

como si fuera una momia.

El señor Fullerman también lo ve...
Y no le hace ni pizca de gracia.

¡UUUUUUUUHHHHH!

¡UUUUUUUUUHHHHH!

La clase de hoy ha sido
muy entretenida.

(Stan, el conserje, trae más papel higiénico →)

¡**Q**ué ganas tenía de conocer al PERRITO de Derek! Es muy mono (al contrario que Derek), aunque, viendo la foto que me mandó, estoy empezando a verles cierto parecido.

Le dejamos correr por mi casa... y se va derechito a la habitación de Delia. Allí se pone a jugar con unas gafas de sol y a saltar encima de la cama.

¡BUEN CHICO!

Delia está que se sube por las paredes.

Pero tiene que guardar las distancias, porque es alérgica a los perros.

Luego empezamos a ensayar nuevas canciones de los LOBOZOMBIS (y el perro de Derek nos hace los ~~coros...~~, o mejor dicho, los AULLIDOS).

Aúuuuu

Entonces, papá asoma la cabeza por
la puerta y nos pregunta si necesitamos
otro guitarrista para el grupo. (No, gracias).

¡Hola!

Siempre dice cosas así, en plan de broma, pero
a veces me da miedo de que las esté diciendo
de verdad. Papá nos recuerda que el concierto
es la semana que viene.

Por lo visto, Delia no vendrá con nosotros
porque irá con «amigos» (creo que tiene un novio,
¡qué idea tan espeluznante!). Bueno, al menos así
no me amargará el día como de costumbre.

Quedaremos con el tío Kevin,
la tía Alice y los gemelos para ver
el concierto con ellos. Me da un poco
de pena del que le toque estar

No veo
nada.

detrás de los gemelos, porque no verá ni torta.
A Derek y a mí nos gustaría llevar nuestras
camisetas de los DUDE3.
(Pero primero habrá que averiguar qué se va
a poner papá para que no nos dé vergüenza ajena,
que es lo más probable).

TOM...
¿y tus DEBERES?

Hoy, el señor Fullerman está de muy MAL humor.

Siempre me olvido de traer la dichosa reseña.
A este paso, van a castigarme otra vez.
No se le ve nada contento.

Además, esta tarde es cuando vienen de visita los padres (de ESO también me había olvidado). Ahora, papá y mamá serán los últimos en hablar con el señor Fullerman.

Porque no he traído la hoja firmada por ellos.

Al ser los últimos, tendrán muchísimo tiempo para mirar mis trabajos y charlar con la gente (con profes y con otros padres).
Qué mal rollo me da eso...

El señor Fullerman nos reparte el trabajo de hoy.

Hoy quiero que escribáis una redacción sobre vuestros *HOBBIES*.

Hablad de cualquier cosa que hagáis en vuestro tiempo libre: deporte, música, natación, canto, etc.

¿Coleccionáis sellos?
¿Os gusta dibujar?
¿Cuándo empezasteis a practicar vuestro *hobby*?
¿Es importante para vosotros?
¿Qué necesitáis para practicarlo?
¿Habéis ganado algún premio?
¿Recomendaríais ese *hobby* a los demás?

Escribid al menos una página en DIN A4.

Señor Fullerman

Hummm..., ¿hobbies?

Mis *hobbies* son:

   🙂 chinchar a Delia,

   🙂 tocar en un grupo

   🙂 y comer galletas.

Podría llenar una página entera hablando
de cómo chincho a Delia, pero no creo que eso
sea lo que le gustaría leer al señor Fullerman.

¿Qué puedo escribir? ¿Qué puedo escribir?

¡YA SÉ!
Me inventaré un *hobby*
—interesante. Algo que sea muy divertido.

¡Qué ideaca!

Pasamos gran parte del día ordenando la clase y preparando los cuadernos antes de la visita de los padres.

Marcus se va al baño y deja sus trabajos de clase encima de la mesa.

(¡GRAN ERROR!).

Meto unos cuantos dibujos que he hecho entre las páginas de sus cuadernos.

(Así, la visita de sus padres será mucho más interesante).

VISITA DE LOS PADRES

Mis padres no están muy contentos de ser los últimos en ver al señor Fullerman (como me imaginaba).

Es un poco raro volver al cole después de las clases. Y lo más raro es ver el aula tan limpita y ordenada (al revés de como está siempre).

El señor Fullerman lleva traje y corbata y se le ve muy incómodo.

Papá lleva una camiseta horrorosa, y para que se le vea menos le pido que se deje la chaqueta puesta.

vergüenza ajena

Mamá se empeña en ver TODOS los dibujos de las paredes. Peor aún, empieza a hablar con profesores que no me dan clase. Y con padres de alumnos que no conozco.

¡Qué bonito!

Me MUERO de la vergüenza.

? ¿Hola!

Veo a ARMARIO al lado de su padre, que es CLAVADITO a él. (No se le ve muy contento).

«Esto de la visita de los padres es un rollo», me susurra.

Yo pienso lo mismo.

Después veo a Amy. Sus padres están ya con el señor Fullerman. Los dos sonríen (eso es que están contentos con las notas de Amy).

Papá dice que lleva en el bolsillo la entrada de Amy para los **DUDE3** y que podría dársela ahora a «sus viejos».
(«¿Sus viejos?».
¡Por favor, que no
haya dicho «sus viejos»!).

Esperamos a que salgan del despacho del profe y entonces papá se pone a charlar de **MÚSICA** con el padre de Amy.
Está hablando MUY ALTO.

Amy me mira con cara de desesperación.
«Lo siento», le digo, y los dos tenemos que quedarnos ahí plantados hasta que nuestros padres terminen de ponernos en ridículo.
Se pasan horas charlando de todo tipo de tonterías.
¡Y, al final, papá se olvida de darles la entrada!

Por fin, cuando el señor **F**ullerman ha acabado de hablar con todos los padres, nos toca a nosotros. Grrr...

Lo primero que hace es sacar una carpeta llena de cartas.

← cartas de Tom

«¿Y si hablamos de las cartas de Tom?», dice.

Mis padres se quedan boquiabiertos.

¡NO, LAS CARTAS NO!

(Me han pillado).

Querido señor Fullerman:

Tom se ha resfriado, y el pobre no podrá practicar deportes al aire libre... nunca más.

Saludos,

Rita Gates

Querido señor Fullerman:

Queríamos pedirle que Tom no fuera a clase de matemáticas esta semana. Ha tenido unos días muy duros (cosas de familia).

Gracias,

Rita Gates

Querido señor Fullerman:

Tom ha estado ayudando a su abuelita enferma y no ha podido hacer los deberes.

Un saludo,

Rita Gates

Estimado señor Fullerman:

El retraso de Tom con los deberes se debe
a que su hermana ha sido muy mala con él
y no le ha dejado usar el ordenador.
A ella ya la hemos castigado.

Gracias,

Frank Gates

Estimado señor Fullerman:

Tom ha estado ayudando a su abuelito
enfermo y no ha podido hacer
los deberes.

Lo sentimos,

Frank Gates

Querido señor Fullerman:

Queríamos pedirle que Tom no vaya
a natación.
Es alérgico al ~~agua~~ cloro.

Gracias,

Rita Gates

Mala forma de empezar la visita de los padres.
Qué le vamos a hacer... (Durante un rato,
creo que funcionó).

Pero no todo es malo: he sacado buena nota
en DIBUJO y en lengua.

La ortografía está regular. Las mates pueden
mejorar. Lo mismo con las ciencias y la historia.
La educación física, bien.

Podría haber sido peor.
«Tiene que esforzarse más», dice
el señor Fullerman.

Después, se pasan un rato hablando de mí.

Yo les sonrío a todos y prometo:

1. Hablar menos.

2.  menos.

3. No escribir más cartas falsas.

En general, soy un chico bastante bueno, ¿no?

Al final, la visita de los padres no está yendo TAN mal.

Entonces, mis padres leen:

«MI NUEVO *HOBBY*» (¡Ya me había olvidado de eso!). Y ahí es cuando las cosas empiezan a ponerse FEAS de verdad.

Se les ve en la cara que no están nada contentos.

MI NUEVO HOBBY

Por Tom Gates

Mis padres tienen la costumbre de amenazarme con no darme la paga a menos que haga cosas que no me gusta hacer.

Por ejemplo:
«Ordena tu habitación... o te quedas sin paga».
«Cómete la verdura... o te quedas sin paga».
«Pórtate bien con tu hermana... o te quedas sin paga».

Yo creo que eso va en contra de los derechos humanos y todo. Y, por si fuera poco, papá disfruta dejándome el dinero en sitios muy altos, como encima de las puertas, estanterías y otros sitios a los que no llego.

NO LLEGO

Cuando al fin consigo coger la paga, muchas veces mamá me la quita para comprar leche o el periódico.

> Necesito suelto

es lo que dice siempre.

He descubierto mi nuevo *hobby* de pura casualidad.

Un día, estaba harto de escuchar a mamá y a la señora Fingle (la madre de Derek) cotorreando a la salida de una tienda durante horas

> Blablabla...

la señora Fingle

y horas, cuando me senté en la acera con cara de agobio. Además, me dolían las piernas. Entonces alguien pasó por delante de mí y me lanzó una moneda.

¡Una moneda de verdad!

¡Fue GENIAL!

(¿Será que le daba pena a la gente?).

Por probar, puse una cara MÁS TRISTE,
y otra persona me lanzó otra moneda.
Para cuando mamá y la señora Fingle
terminaron de charlar, me había ganado 3,70
euros yo solito. Eso me dio que pensar...
¿Y si escribo un cartel con letra TEMBLOROSA

como este

¡AYUDA,
POR
FAVOR!

y me pongo ropa
muy vieja?

Hice la prueba también con eso, y la gente
me daba MÁS dinero.
Lo mejor que tiene mi nuevo *hobby* es
que puedes practicarlo en cualquier parte
y, además, conoces a UN MONTÓN de gente.

Ahora ya no necesito a mis padres para que me den dinero. Este *hobby* lo recomiendo a

Además, estoy en un grupo que se llama

Pero con eso no ganamos dinero (por ahora).

Fin

«¿HAS PEDIDO LIMOSNA?

¡NO ME LO PUEDO CREER!».

¡COMO UN MENDIGO!

Mis padres me miran con los ojos como platos
⊙ ⊙. Están pasmados.
(Pero yo no he pedido limosna.
Me lo he inventado para la redacción).
Al volver a casa, me repiten una y otra vez
que «**NO** todos los niños tienen
la misma suerte que tú» y que «pedir limosna
no es cosa de risa».
Tengo que convencerles de que no he pedido
limosna. Solo he usado la imaginación.
Yo NUNCA pediría limosna. ¡NUNCA!
«Me lo inventé todo. Para echarme unas risas
y tal. Ja, ja».
Creo que ahora ya me creen. ¡Menos mal!

Delia oye a mis padres hablando de la charla con el señor Fullerman y de que creían que había estado pidiendo limosna.

De pronto, se acerca a mí y me ofrece una galleta de caramelo. Aunque sé que está tramando algo, pico como un IDIOTA.

«¿Así que te gusta mendigar? Pues, si quieres esta galleta, tendrás que mendigármela», me dice, y me la pone delante de las narices. Me apetece TANTO que acabo diciendo:

«¡POR FAVOR!». Ella me dice:
«DI PORFA, PORFA», y yo digo:
«¡PORFA, PORFA!».

(Ya no puedo caer más bajo).

«¡**N**o te oigo!».

«¡PORFA, PORFA!».

Y entonces, para mi sorpresa, Delia me da la galleta y se va riendo.

Solo en ese momento, cuando intento abrir el envoltorio, me doy cuenta de que he caído en la bromita del envoltorio vacío.

Muy gracioso, Delia.

Pero que MUY gracioso.

vacío

De pronto, me entra la inspiración.
Cuando Derek llega a mi casa para el ensayo, le enseño la nueva canción que he escrito para los

 LOBO ZOMBIS

¡Dice que le

Delia es una petarda

¿Quién es esa petarda
que va por ahí?
¡Vete, aléjate de mí!
Ropa **negra**,
pelo grasiento.
No tiene corazón,
lo presiento.

ESTRIBILLO

Delia
es una PETARDA.
Delia
es una PIRADA.
Delia
es una PETARDA.
Delia
es una PRINGADA.

¡Cuidado con esa vacaburra!
No te acerques,
¡ni se te ocurra!
Sus gafas de sol
no pueden ocultar
¡que apesta a choto,
apesta a rabiar!

ESTRIBILLO

Otro día de cole

Tom, todavía no me has entregado los DEBERES.

(Ayer me emocioné tanto ensayando «Delia es una petarda» que se me pasó hacerlos. He escrito unas estrofas más, y ahora empieza a sonar genial. Bueno, tendré que hacer la reseña **ESTA NOCHE,** ☾ *

antes del concierto de los ).

Estoy **TAN** entusiasmado que no puedo concentrarme.

Marcus no para de FARDAR de sus entradas **VIP.**

VIP VIP
VIP VIP

«¡Cállate ya, Marcus!». Hasta Amy se ha hartado de él.
El señor Fullerman nos recuerda que el de DUDE3 no es el único concierto que se acerca.
(¿Cómo se ha enterado de lo de los DUDE3 ?).

«¡No os olvidéis del CONCIERTO ESCOLAR!»,
nos dice.

Cuando el señor Fullerman empieza la clase, intento contar cuántas horas quedan para el concierto. Y son...

MUUUUCHÁS. Demasiadas.

El reloj de la clase no se mueve, o eso parece. Esta es la clase MÁS LARGA de mi vida.

Miro fijamente ⊙ ⊙ el reloj, y está claro que NO se mueve.

Cuanto más fijamente lo miro ⊙ ⊙..., más despacio pasa el tiempo.

Además, la señora Mega no deja de interrumpir la clase con avisos que nadie entiende.

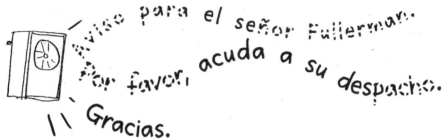

Aviso para el señor Fullerman. Por favor, acuda a su despacho. Gracias.

«¿Alguien ha oído lo que ha dicho?», pregunta el señor Fullerman. Vuelve a sonar el aviso, pero nadie ha entendido nada.

(Esta clase NO TIENE FIN).

El señor Fullerman sale a ver qué pasa. **«Podría ser algo importante»,** dice. (Sí, seguro). Cuando se va, me viene una

¡INSPIRACIÓN!

Me subo encima de la mesa y ADELANTO las agujas del reloj **hasta** casi la hora en que termina la clase. (A todos les ha encantado la idea).

¡Viva! ¡Viva! ¡VIVA!

El señor Fullerman se queda un poco extrañado al volver.

Mira su reloj de pulsera.

«¿Este reloj adelanta?».

«¡NO, SEÑOR FULLERMAN!».

«¿Alguien ha tocado el reloj?».

«¡NO, SEÑOR FULLERMAN!».

Entonces se da cuenta de que el reloj está algo torcido. Se sube a una silla y vuelve a poner bien la hora.

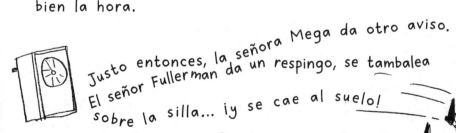

Justo entonces, la señora Mega da otro aviso. El señor Fullerman da un respingo, se tambalea sobre la silla... ¡y se cae al suelo!

¡Catástrofe!

(**A** este paso, la clase no va a acabar **jamás**).

No quiero ser egoísta, pero es que nunca había estado en una clase tan ETERNA.

El profesor se retuerce de dolor, y luego tarda EL DOBLE en hacer o decir cualquier cosa.

Y el resto del día tampoco es que vaya muy rápido que digamos. (Es como si alguien supiera que el concierto es esta noche y estuviese alargando el tiempo aposta).

La clase de |MATES| es un rollo. Y la de GIMNASIA dura siglos. Estoy quitándome el chándal en el vestuario del gimnasio cuando se oye un

PITIDO muy fuerte por megafonía.

(Esta vez no es la señora Mega. Es algo que casi nos deja SORDOS).

El señor **F**ullerman dice que es un

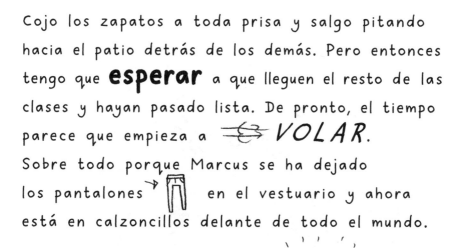

¡SIMULACRO de INCENDIO!

**«Dejadlo todo y salid
al patio con tranquilidad.
¡NO CORRÁIS!».**

Cojo los zapatos a toda prisa y salgo pitando
hacia el patio detrás de los demás. Pero entonces
tengo que **esperar** a que lleguen el resto de las
clases y hayan pasado lista. De pronto, el tiempo
parece que empieza a *VOLAR*.
Sobre todo porque Marcus se ha dejado
los pantalones   en el vestuario y ahora
está en calzoncillos delante de todo el mundo.

La señora **N**ap le da
un jersey para que se lo ate a la cintura.
¡Ahora parece que Marcus lleva falda!

Es lo más TRONCHANTE que he visto en mi vida.

El señor Fullerman nos dice que, aunque sea pronto, podemos irnos a casa. ¡VIVAAA!

¡Me parto!

De vuelta a casa, le cuento a Derek todo lo que ha pasado (en especial la parte del jersey que parecía una falda), y él me dice que ha elegido un nombre genial para su perro. Intento adivinarlo:

«¿Rocky?».

«¿Toby?».

«¿Sultán?».

«Se llama POLLO», me dice.

«¿POLLO? ¿Le vas a poner Pollo a tu perro?».

(Bueno, supongo que ya me acostumbraré).

¡DUDE 3, ALLÁ VAMOS!

CO-CO

Derek ha venido con Pollo, que está corriendo por toda la casa en busca de Delia. Pero ella ya se ha ido porque ha quedado en ir con un amigo (con un novio, mejor dicho). Derek y yo nos hemos puesto la camiseta de los **DUDE 3**, que mola mogollón.

Papá lleva otra camiseta espantosa y unos pantalones horrorosos. Él no mola nada.

Mamá piensa lo mismo que yo y le dice que se cambie. «Y no os metáis en todo el barullo», le dice a papá mientras salimos de casa.

Cámbiate.

De pronto, papá se acuerda de que las entradas
están en sus otros pantalones. Empieza
a buscarlas, pero no las encuentra
POR NINGÚN LADO.

¡ESTO ES HORRIBLE!

No os agobiéis.

¡QUÉ AGOBIO!

Derek intenta no ponerse nervioso.
Miramos por toda la casa: en mi habitación,
en la de Delia, en la cocina...
«No os preocupéis, en alguna parte tienen
que estar», dice Derek, y mira hasta en
sus bolsillos. Ya hemos buscado en todas
las habitaciones, en el baño... Ahora sí que cunde
el PÁNICO.

¡Guau!

¡Guau! ¡Guau!

¿Dónde están las entradas?

Pollo se pone a correr, persiguiéndonos
por toda la casa. No para de ladrar y saltar,
y nos pone a todos de los nervios.

Mamá echa a Pollo al jardín. Estoy buscando otra vez en mi habitación cuando veo al perro jugando con unos trocitos de papel.

Y esos trocitos de papel tienen toda la pinta de ser...

¡LAS ENTRADAS!

«¡POLLO MALO!», le regaña Derek. Pero ya es demasiado tarde. Las entradas están hechas un gurruño y llenas de marcas de dientes y babas de perro.

«Yo las pegaré», dice papá. «Quedarán como nuevas». Pero no quedan como nuevas. Las entradas están destrozadas.

«A lo mejor el tío Kevin y la tía Alice nos venden las suyas», dice papá.

«No cuentes con ello», contesta mamá.

«Pues ya encontraremos otra solución», dice papá.

Yo estoy tan TRAUMATIZADO que no puedo decir nada.

Vamos al estadio de todos modos.

«Nunca tendré un perro», le digo a Derek. Sé que eso es un poco injusto, porque no es culpa suya, pero es que estoy muy enfadado con ese chucho idiota.

GRRRRRRRRRR...

Pollo MALO

Amy ya está esperándonos con su padre.
«Vamos a probar a ver si aceptan estas entradas»,
dice papá. El hombre de la puerta echa una ojeada
a los papelitos y niega con la cabeza.

**«Lo siento, estas entradas no valen.
Están hechas un asco».**

Y justo cuando pensaba que las cosas no podían
empeorar... aparecen Marcus y su padre,
con cuatro entradas VIP. Sí,
cuatro. Resulta que ahora tienen
dos entradas de sobra, y el padre
de Marcus nos las ofrece a
nosotros . (Marcus no ha salido
a su padre, que parece bastante majo).
ME MUERO por ir. Pero PAPÁ dice que Amy y Derek
deberían usar esas dos entradas. «Porque quizá
nosotros aún podamos entrar con el tío Kevin».
Intento ser MUY valiente ⊙ ⊙. Les digo
a Amy y a Derek que a mí no me importa
y que no se preocupen. Y luego los veo
a los cuatro entrar en el concierto.

(En el fondo no me puedo creer que Derek y Amy

hayan preferido ir con...

¡MARCUS!).

¡Qué tragedia!

Vemos al tío Kevin y a la tía Alice saludándonos desde lejos. Al tío Kevin se le ve muy satisfecho. Papá le cuenta lo que ha pasado y que con las entradas hechas trizas ya no podemos pasar. El tío Kevin le dice: ¡TÍPICO DE TI!, lo que mosquea un poco a papá.

El tío Kevin (que se dedica a los negocios) ha vendido sus entradas tres veces más caras de como las compró. Está muy contento, y en lugar de ver el concierto, se irán a cenar. (Yo creo que mis primos habrían preferido ver al grupo).

Esto es una pesadilla. Ya no tengo NINGUNA posibilidad de ver a mi grupo favorito. Papá ve lo **TRISTE** que me he quedado.

«Tú quédate aquí y no te muevas», me dice. «No te preocupes, ya verás cómo consigo unas entradas».

Me doy PENA a mí mismo.

Me siento en el suelo con cara de amargado. El concierto está a punto de empezar, y a estas alturas ya es imposible que consigamos verlo.

De pronto, se me ocurre una idea. Es un poco loca, pero no tengo NADA que perder.

Estoy desesperado.

Busco un cartón y saco
un bolígrafo que tengo.

Después, me pongo a escribir
y a dibujar.

Estoy llamando ⌐bastante⌐ la atención,
pero de momento nadie me da nada.

Pasa una señora que me dice «¡pobrecito!».
Algo es algo.

De pronto, veo que un hombre con pantalones
de cuero está leyendo mi cartel.
Me está mirando con la cara muy seria.

Yo pongo una cara todavía más TRISTE.

El hombre empieza a acercarse, y me doy cuenta
de que me suena su cara.
Creo que le conozco.
Entonces, me pregunta:

«¿Este es tu nuevo *hobby,* Tom?».

DE PRONTO, ya sé quién es ese hombre...

¡SOCORRO! ¡Es el señor FULLERMAN!

¡AJJ!

¡PANTALONES DE CUERO!

¡Y lleva pantalones de cuero!
¿Qué está haciendo **él** aquí? Encontrarse
con un PROFE fuera del cole es de lo más
impactante. Nunca piensas que puedan hacer
otras cosas aparte de ser profes.
Me he quedado traumatizado (sobre todo
por lo de los pantalones de cuero).

Papá llega en ese momento, pero sin entradas.

NO le gusta ni pizca verme pidiendo limosna.

¿ESTÁS PIDIENDO LIMOSNA?

«¡Nos dijiste que te lo habías inventado, Tom!».

«Es que... ¡estaba desesperado!», le explico.

«¡Deja de pedir limosna ahora mismo!

Tiene que haber otra forma de poder ver

a los DUDE3».

Entonces, el señor Fullerman dice:

«Hola, señor Gates. Creo que tengo la solución para su problema».

Papá se queda igual de traumatizado

que yo al verlo (y con pantalones

de cuero).

Yo me pregunto qué estará haciendo mi profe

en un concierto de los DUDE3. Y ahí va

la respuesta...

Resulta que el señor Fullerman y el MÁNAGER de los DUDE3 fueron COMPAÑEROS de colegio.

Son muy buenos amigos.

(Va a ser que el señor Fullerman no es un simple profe aburrido).

Habla con un hombre de la organización, que le da unas entradas especiales.

Gracias, colega.

Tranqui. Molan tus pantalones.

¡ÑIIC!

¡AHORA podré ver todo el concierto desde la zona reservada! Abrazaría al señor Fullerman, pero es mi profe (y lleva pantalones de cuero).

¡Tengo las MEJORES vistas del escenario!

Los **DUDE3** tocan de miedo,
y desde donde estoy lo veo
TODO.

Veo a Derek y a Amy y los saludo.
Ellos me saludan también. Marcus tiene
la boca abierta como
un pez alucinado.

(Eso es casi lo mejor del concierto. ¡Ja, ja!).

Entonces veo a Delia entre el público. Está
con su novio. Se lo señalo a papá y despierto
su interés contándole que por ahí se dicen
cosas MUY malas ⚡ de ese chico...

Estoy pasando una noche alucinante.
Los **DUDE3** tocan todas sus mejores canciones.
Y al final, la cosa se pone todavía mejor...

LOS DUDE3

BAJAN DEL ESCENARIO ¡Y TODA LA BANDA

CHOCA ESOS CINCO CONMIGO!

(Nunca volveré a lavarme la mano).

Cuando vuelvo a casa, sigo en una nube.

Papá se ha olvidado de que he pedido limosna
(¡menos mal!).

Ahora le preocupa más el novio macarra
de Delia.

Me voy a la cama feliz y repaso
el concierto entero en mi cabeza. ☺

Creo que este ha sido el

Por la mañana, Delia va paseándose
por la casa de muy mal humor.  Grrrrrrr...

Yo diría que es por mi culpa, porque ahora
mis padres quieren conocer a su nuevo «amigo».
(Soy un **GENIO**).

Durante el desayuno,
papá tararea las canciones
de los **DUDE 3**.

 Y mamá lleva una camiseta
de los **DUDE 3**.

La verdad es que me da mucha vergüenza
ajena cuando la gente mayor intenta ir de guay,
así que me largo de casa cuanto antes.
Derek y yo vamos juntos al cole.

Ahora dice que **PREFERIRÍA** haber visto
el concierto conmigo.

Ver al señor Fullerman otra vez en plan profe se me hace *MUUUY* raro.

Lo primero que me pregunta es:

¿HAS HECHO LOS DEBERES, TOM?

«Estaba en el concierto, señor Fullerman, ¿no se acuerda?».

Pero él dice que eso no es excusa y que estoy castigado después de clase todos los días hasta que traiga la reseña. Se ha pasado tres pueblos.

(Veo que está **MUY** en plan profe).

Con la emoción del concierto de los **DUDE3**, me he olvidado completamente del concierto escolar, que por lo visto es

HOY.

En realidad, me da igual, porque yo no participo.

(Menos mal que no estoy en el coro...).

La señora Nap está buscando

voluntarios que metan sillas en el salón de actos.

Los voluntarios suelen perderse clases, así que me presento.

Lo único que tengo que hacer es enseñarles a los pequeños lo que tienen que hacer. ¡Está CHUPADO!

Estamos colocando las sillas cuando, de pronto, todos los críos empiezan a hacer el burro.
Yo me pongo DURO y les propongo jugar a las sillas musicales ♫ ♪, y eso les anima.
Como no hay música, yo mismo les canto mi canción de los LOBOZOMBIS:

«Delia es una petarda».

Delia es ♪ una PETARDA. DELia ♪ es una PIRADA...

Todo sale de maravilla, y los críos empiezan a cantar conmigo.

«¡Delia es una petarda!

¡Delia es una pirada!».

(Es un estribillo muy pegadizo).

Luego canto el resto de la canción...

Cuando el señor Keen se asoma por la puerta para ver qué hacemos, todos fingimos estar colocando las sillas (qué rápido aprenden los pequeños...).

«Qué canción tan alegre, Tom», dice.

«¿Usted cree, señor Keen?».

«¿Vas a cantar hoy en el concierto?».

«No, señor».

«¿Y por qué no? ¡Deberías hacerlo! Hablaré con la señora Nap para que te haga un hueco al final».

«No hace falta, señor Keen, de verdad... Si no quiero cantar».

«Pero, ¿qué dices? ¡Con lo bien que lo haces…! ¿No os parece, niños?».

Y todos los críos gritan a la vez:

«¡SÍÍÍ!».

Lo que me faltaba…

memo

Esto puede acabar siendo muy humillante.
MEJOR DICHO: VA A SER muy humillante.

Además, me da que el señor Keen no ha oído entera la canción de los

.

«¿TE HAS VUELTO LOCO?

¡ Ni loco pienso cantar en el concierto escolar!», dice Derek.

¡NI HABLAR!

Él cree que los LOBOZOMBIS tienen que planificar muy bien sus actuaciones.

(Dicho de otra forma: todavía somos un poco birriosos y tendríamos que ensayar más).

PERO se le ha ocurrido un plan BRILLANTE con el que podré escaquearme y ahorrarme la humillación.

Lo ÚNICO bueno que tiene el concierto
escolar es que nos dejan ir a casa
antes para «prepararnos» (en mi caso,
para comer galletas).

Ya en casa, mamá dice:
«¿Así que hay un concierto escolar esta noche?».

(Se me había olvidado decírselo).

«¿Y vas a participar?».

«Más o menos...», contesto.

Mis padres tenían previsto ir a conocer
al novio macarra de Delia esta noche.

«Pues yo no pienso dejarlos
a los dos solos», dice papá.
«Tendrán que ir también ellos
al concierto».

¡Ja, Ja! ¡A Delia le va
a encantar!

Una noche romántica...
en el concierto de mi cole.

Se va a enfadar tanto, que solo por eso
ya casi habrá valido la pena participar
en el concierto.

Derek y yo repasamos nuestro plan
una vez más mientras volvemos al colegio.

Si no sale bien, será un desastre.

Cuando llegamos al cole, el salón de actos
ya está lleno. Mis padres se sientan al fondo,
lo que me parece genial porque mamá lleva una
camiseta de **DUDE3** y papá
va en plan jardinero. Parches

Parece que Delia
y su novio
se quieren... ¡MORIR!

Derek y yo repasamos el plan una última vez
(¡ojalá salga bien!).

Se apagan las luces y empieza el concierto. Primero, unos niños recitan unas poesías (que son tirando a aburridas).

¡Cómo me gustan las flores!
Flores de colores
que inspiran nuevos amores.

Después, tenemos que aguantar una serie

de canciones y, cómo no, el coro. Ver a Marcus y a *Armario* BALANCEARSE de un lado a otro es para partirse.
Amy lo hace muy bien (por supuesto).

balanceo

AMY

Los de tercero representan una función (que es bastante divertida).

Y los de sexto, un baile (que es una birria).

Después, el señor Keen suelta un discurso
sobre lo bueno que ha sido
este curso y tal y cual.
Y entonces va y dice delante de TODO
EL MUNDO que me ha oído cantar y que
ha decidido que yo participe en el concierto.

¡Qué AGOBIO! Ya estoy empezando
a ponerme nervioso y a sudar.

Por fin, me toca salir a mí.
El señor Keen me pregunta cómo se llama
mi canción.

«**D**elia es una petarda», contesto.

Todos se parten de risa al oírlo. Todos menos
Delia, que me lanza una mirada ASESINA.

Me siento en el escenario y me aclaro
la garganta.

Todos me miran, esperando a que empiece.

Vuelvo a aclararme la garganta...

y espero...
y espero...

Rasco un poco la guitarra (como para
ir calentando).

(El señor Keen ya está mirándome mal).

Estoy empezando a pensar que, si el plan
de Derek no sale bien, debería
ponerme a cantar de │ verdad │...

Cuando, POR FIN...

SE oye UN PITIDO MUY FUERTE

El señor Fullerman les dice a todos que
no tengan miedo,
que es solo la ¡ALARMA DE INCENDIOS!

Y que todos tenemos
que salir inmediatamente del salón de actos.

El concierto se cancela.

¡PREMIO!

¡**D**erek es un **GENIO**! Mientras salimos del colegio, me lanza una gran sonrisa. Y lo que es mejor... Delia oye a unos críos cantando mi canción:

DELIA es una PETARDA... DELIA es una PIRADA...

A ella no le hace ni pizca de gracia, pero su novio empieza a reírse (como siga así, ese novio suyo no le va a durar mucho).

¿De qué te ríes?

A mis padres les parece una pena
que no haya cantado mi canción (a mí no).

«Eso sí, la próxima vez no hagas canciones
sobre tu hermana», me dice mamá.
«Le molesta». (¡PRECISAMENTE!).

Papá me dice que podría hacer canciones
sobre gente fastidiosa.

«Como el tío Kevin», añade,
y yo me río.

Pero mamá le lanza una mirada ASESINA.
(Oh, oh...).

Cuando llegamos a casa, papá y yo nos escondemos en su cabaña para asaltar su reserva secreta de galletas. (¡QUÉ RICAS!).

Mañana es el último día de curso. ¡Que NO SE ME OLVIDE, por favor!

Solo me queda esta noche para terminar la reseña que tenía de deberes (¡y que todavía no he entregado!).

Ya sé: la haré sobre el concierto escolar.
¡No será muy difícil!
Pero antes, una última galleta.
Con el envoltorio, le prepararé una sorpresita a Delia... ¡Ja, ja!
Y haré unos dibujillos también.

¡Ahora ya puedo empezar la reseña!

... O mejor, mañana por la mañana.

(Si me levanto temprano, mañana tendré

UN MONTÓN

de tiempo para hacer la reseña).

¡Mirad qué idea
tan buena!

Señor Fullerman, siento MUCHÍSIMO
no poder entregarle la RESEÑA.
Pero que conste que la hice, como usted mismo
puede ver.

Ahora se lo explico.

Iba hacia el colegio cuando me ha

AtACADO

un perro muy FEROZ.

Y claro, me he defendido con lo único
que tenía a mano:

Mi cuaderno de deberes.

He tenido MUCHA SUERTE de escapar vivo
(por los pelos).
Pero no puedo decir lo mismo de MIS DEBERES...

Lo siento...

Qué pena, Tom.
Tenía muchas ganas de leer
tu reseña por fin.
Tendrás que volver a hacerla
durante las vacaciones.
Mientras tanto, espero que no te
abduzcan unos alienígenas ni
te ataquen unos GIGANTES.
Qué vida tan emocionante la tuya.
Os veré (a ti y a tu reseña)
el curso que viene.

Señor Fullerman

(¡Premio!) ☺

babas de perro ↘

Mi Reseña
Por Tom Gates

marcas de dientes feroces \ (\(// →
→
↓

más babas de perro →

Fin